AF343942

LETTRES INÉDITES

DE

FRANÇOIS DE NOAILLES

ÉVÈQUE DE DAX

PUBLIÉES PAR

PHILIPPE TAMIZEY DE LARROQUE

Extrait de la REVUE DE GASCOGNE

PARIS
AUGUSTE AUBRY, LIBRAIRE
Rue Dauphine, 16

1865

LETTRES INÉDITES

DE

FRANÇOIS DE NOAILLES

EVÊQUE DE DAX

LETTRES INÉDITES

DE

FRANÇOIS DE NOAILLES

ÉVÊQUE DE DAX

PUBLIÉES PAR

PHILIPPE TAMIZEY DE LARROQUE

Extrait de la REVUE DE GASCOGNE

PARIS

AUGUSTE AUBRY, LIBRAIRE

Rue Dauphine, 16

1865

LETTRES INÉDITES

DE

FRANÇOIS DE NOAILLES, ÉVÊQUE DE DAX.

La maison de Noailles, dont l'antique et brillante noblesse a trouvé grâce devant le plus sévère de tous les éplucheurs de généalogies, le duc de Saint-Simon (1), était principalement représentée, au XVIe siècle, par Antoine, François et Gilles de Noailles, frères, devenus tous les trois célèbres dans les fastes de la diplomatie.

Je ne m'occuperai ici ni de l'amiral Antoine de Noailles, l'aîné des dix-neuf enfants de Louis de Noailles (2) et de Catherine de Pierre-Bussière (3), également remarquable comme guerrier et comme négociateur, ni de Gilles de Noailles, tour à tour magistrat, ambassadeur, évêque, et dont la vie, sans avoir eu l'éclat de celle ses deux aînés, fut loin d'être inglorieuse, et ne mérite point le dédain des biographes.

Toute mon attention se concentrera sur François de Noailles. Il n'y a guère, dans le XVIe siècle, d'homme qui ait joué un rôle

---

(1) « Le lendemain de la mort de M. le duc d'Orléans, le comte de Toulouse dé-
» clara son mariage avec la sœur du duc de Noailles, veuve avec deux fils du mar-
» quis de Gondrin, fils aîné du duc d'Antin. Je n'ai pas lieu, comme on a vu ici
» plus d'une fois, d'aimer le duc de Noailles, mais la vérité veut que je dise que,
» de la naissance que sont les Noailles, il n'y auroit pas à se récrier quand une
» Noailles auroit épousé un prince du sang. » (*Mémoires*, édition Chéruel, in-18,
tome XIII, p. 96). Saint-Simon ajoute que le père du premier maréchal duc de Noailles
« étoit fils de la fille du vieux maréchal de Roquelaure, et que la sœur de son père
» avoit épousé le fils et le frère des deux maréchaux de Biron, duquel mariage vient
» le maréchal duc de Biron d'aujourd'hui; qu'en remontant jusqu'au-delà de 1250,
» on leur trouve les meilleures alliances de leur province et des voisines, et que la
» terre et le château de Noailles dont ils tirent leur nom, ils les possèdent de temps
» immémorial. » L'abbé de Vertot (*Introduction aux ambassades et dépêches d'Antoine et de François de Noailles*, p. 77 et 78) a pompeusement célébré l'antiquité
de la maison de Noailles. D'après lui, dès la fin du Xe siècle, les Noailles tenaient
déjà un rang distingué dans la province du Limousin.

(2) Seigneur de Noailles, Noaillac, La Fage, Chambres, Montclar, etc. Il mourut en novembre 1540. Ce fut un des héros de la bataille d'Agnadel.

(3) Fille du seigneur de Châteauneuf et de la vicomtesse de Comborn. Elle devint, le 11 février 1502, la femme de Louis de Noailles, et mourut en couches,
le 23 septembre 1527, laissant quinze enfants vivants.

plus considérable et qui ait déployé, en d'aussi importantes occasions, plus de patriotisme et de talent. Je voudrais bien faire connaître tous les titres que lui donnent aux hommages de l'histoire les grands et dévoués services qu'il a rendus à son pays, et dont il a dit fièrement dans une de ses lettres : « Il sera malaisé » que la postérité n'en fasse quelque commémoration. »

François de Noailles naquit au château de Noaillac (1), le 2 juillet 1519. Il reçut une excellente éducation, et de fortes études développèrent les heureuses facultés dont il était doué (2). Son meilleur biographe, l'abbé de Vertot, signale sa profonde et précoce érudition dans l'un et l'autre droit, à côté de ses rapides progrès dans la culture des belles-lettres. Protégé par la mémoire de son père, il parut à la cour au commencement du règne de Henri II. Ce prince, témoin de la pureté de sa conduite, ne tarda pas à faire de lui un de ses aumôniers. Quelque temps après (8 mai 1553), il le nomma évêque de Dol, en Bretagne. Mais il arriva que François de Laval, du siège duquel on avait disposé un peu trop vite, guérit d'une maladie dont on l'avait cru mort. En attendant qu'un autre siège devînt réellement vacant, Henri II envoya son aumônier en Angleterre pour complimenter la reine au sujet de la défaite de quelques rebelles. François de Noailles recueillit avec tant de tact et de sagacité les plus exacts rensei-

(1) Pour ce point comme pour beaucoup d'autres, je me fie complètement à la notice de l'abbé de Vertot, notice rédigée tout entière d'après les documents originaux fournis à l'historien par la famille de Noailles. Je citerai d'autant plus souvent cette notice que, son mérite mis à part, elle a tout l'intérêt d'un document très peu connu. En effet, le volume qui la renferme est très rare, et, à Paris, je l'ai vainement demandé à la bibliothèque impériale et à la bibliothèque Sainte-Geneviève. Ce n'est qu'à la bibliothèque Mazarine que j'ai trouvé (sous la désignation H 350) le recueil complet des *Ambassades de Messieurs de Noailles en Angleterre rédigées par feu M. l'abbé de Vertot*, 5 in-12, édit. de 1763. Je crains que l'auteur de l'article *François de Noailles*, dans la *Nouvelle biographie générale*, n'ait pas eu entre les mains une édition complète des *Ambassades*, car il n'attribue que trois volumes à cet ouvrage. Le même auteur fait naître à *Noailles* (Limousin), le prélat dont l'abbé Moulezun met le berceau dans le *Périgord*.

(2) Gabriel de Lurbe *De illustribus Aquitaniæ viris, à Constantino magno usque ad nostra tempora libellus* Bordeaux, 1591, dit à cet égard : « ... ingenue et » liberaliter à parentibus educatus, omnes undique flosculos elegantis et politæ doc- » trinæ conquisivit, et beatæ divinæ et immortalis cujusdam eloquentiæ dotes (qui- » bus ille omnes suæ ætatis viros superavit) mira solertia, et expedita in rebus » agendis industria cumulavit... » G. de Lurbe put beaucoup connaître François de Noailles qui, à diverses reprises, séjourna longtemps à Bordeaux.

gnements sur le caractère de Marie Tudor et sur les dispositions secrètes de sa cour que le roi, émerveillé et devinant dans son jeune aumônier celui qui devait être un de nos plus grands diplomates, s'empressa de l'honorer d'une haute marque de confiance. Il l'envoya de nouveau à Londres (26 septembre 1554), sous le prétexte de féliciter la fille de Catherine d'Aragon « sur la réunion » de ses Etats dans le sein de l'Eglise catholique, » mais, en réalité, pour qu'il tâchât de profiter des ouvertures de paix qui avaient été ménagées par Antoine de Noailles, son frère, et pour qu'il parvînt à savoir si cette princesse consentirait à intervenir comme médiatrice dans la querelle de la France avec la maison d'Autriche. François de Noailles, que l'on appelait alors le protonotaire de Noailles, ne fut pas, dit Vertot, « plutôt entré » dans les affaires qu'il fit éclater ces rares talents qui l'ont » rendu si fameux dans toutes les nations où il a porté le carac- » tère de ministre. Il était né naturellement éloquent, sa per- » sonne était agréable, ses manières nobles, et il possédait toutes » ces grâces naturelles qui préviennent toujours et qui servent à » introduire la raison. »

En 1555 comme en 1554, le protonotaire de Noailles fit plusieurs voyages en Angleterre, et Antoine de Noailles déclare dans plusieurs de ses dépêches qu'il tira de grands secours de l'adresse et de l'habileté de son frère. Il paraît même que le jeune négociateur, qui avait mis un art infini à conquérir les bonnes grâces de l'évêque de Winchester, le chancelier Gardiner, contribua beaucoup à rendre ce tout-puissant personnage favorable à la conclusion de la trève qui fut signée à Vaucelles entre Charles-Quint et Henri II, le 5 février 1556. Le roi chargea François de Noailles de porter au pape Paul IV l'importante nouvelle de cette suspension d'hostilités. Observateur toujours attentif et toujours pénétrant, l'envoyé de Henri II découvrit à Rome toutes les menées des Espagnols et de quelques membres de la famille Caraffa, menées qui tendaient à rallumer la guerre. Il révéla au roi de France toutes ces sourdes intrigues : malheureusement, cette fois, on ne tint pas compte de ses sages avertissements, et comme il le rappelait, douze ans après, dans une lettre à Villeroy, que l'on trouvera plus loin, l'indifférence avec laquelle il fut écouté causa les graves et longs malheurs qui désolèrent le royaume après la rupture de la trève du 5 février.

A son arrivée de Rome, François de Noailles obtint l'évêché de Dax, qu'il a lui-même souvent appelé dans sa correspondance « le plus pauvre évêché de France. » Envoyé en Angleterre avec le titre d'ambassadeur (octobre 1556) (1), il n'y résida pas longtemps. En mai 1557, Philippe II décida Marie Tudor à prendre les armes contre la France. Rappelé par Henri II, François de Noailles vint débarquer à Calais. Il examina de son plus fin regard les fortifications de cette ville qui n'était plus à nous depuis 210 ans; il en reconnut les côtés faibles, et il appela aussitôt l'attention du fils de François Ier sur la facilité avec laquelle on pouvait reprendre aux Anglais cette place, dont la possession leur donnait le droit de dire qu'ils portaient les clés de la France pendues à leur ceinture. En même temps que la merveilleuse perspicacité de l'évêque de Dax apporta au roi Henri les ouvertures de la conquête de Calais (lettre à Villeroy déjà citée), ce prince reçut des mains de son ex-ambassadeur le plan des principaux ports de la Grande-Bretagne mystérieusement levés par ses soins. Séduit par le rapport d'un homme qu'il avait toujours trouvé aussi habile que dévoué, Henri II résolut, « contre le conseil de tous ses capitaines, » comme il l'écrivait lui-même un jour à ce donneur de bons avis, de faire assiéger Calais, et, le 1er janvier 1558, le duc de Guise ayant attaqué cette place en était maître huit jours après (2). On ne

---

(1) Vingt ans auparavant, c'était le descendant d'une vieille famille de Bigorre, Antoine de Castelnau, évêque de Tarbes, qui était le représentant de la France à la cour d'Angleterre. Un autre illustre gascon, évêque de Tarbes lui aussi, avait été déjà ambassadeur de François Ier dans la Grande-Bretagne. Enfin, parmi les successeurs de ces trois ambassadeurs en Angleterre, brille Paul de Foix, archevêque de Toulouse. N'oublions pas d'ajouter à cette liste le nom de Gilles de Noailles.

(2) Vertot rappelle que cette place, emportée en huit jours, avait autrefois coûté un an de siège aux Anglais. Il cite une lettre dans laquelle le cardinal Hippolyte de Ferrare complimente en ces termes François de Noailles (27 janvier 1558) : « Je ne » puis sinon confesser que vous avez bonne part à la prise de Calais, se voyant » qu'en effet elle a été prise par le mesme endroict que vous deduisiez. »

s'est pas assez souvenu, dans nos histoires de France, de l'initia-
tive de l'évêque de Dax et de la gloire qui lui revient d'une
conquête qui permit enfin à la France de respirer librement, et
qui fut pour l'Angleterre un malheur dont rien ne donne une
aussi frappante idée que ce cri de désespoir poussé par la reine
Marie sur le point de mourir : « Que l'on m'ouvre le cœur ! on
« y trouvera gravé le nom de Calais. »

François de Noailles était à Venise, où il représentait Henri II,
quand, aux enthousiastes applaudissements de ses compatriotes,
fut à jamais brisée la chaîne par laquelle, depuis le 3 août 1347,
les Anglais tenaient une ville française. L'évêque de Dax n'avait
pas été seulement nommé ambassadeur du roi très chrétien auprès de la sérénissime république (1) : il avait été aussi appelé
(dès le 7 juin 1552) à remplir la charge de « surintendant des
« finances en Italie, avec l'autorité de faire faire les revues et le
« paiement des troupes qui étoient dans le Ferrarois, le Mirandole et
« la Toscane. » François de Noailles ne fut, dit Vertot, « pas moins
« habile ni moins heureux en Italie. Il pénètre les intrigues les
« plus secrètes, il démêle les intérêts les plus cachés, il décon-
« certe de tous côtés les desseins des ennemis du roi son maître,
« il sauve Antibe des entreprises de l'ennemi, en même temps
« que, par la sûreté de ses vues, il facilite les conquêtes des gé-
« néraux. » Ce qui rend surtout mémorable sa légation à Venise,
c'est qu'il fit triompher, contre les hautaines prétentions de l'ambassadeur de Philippe II, les droits qu'avait à la préséance le
représentant de Henri II. Tous ses contemporains admirèrent
l'adroite fermeté avec laquelle il sut obtenir, malgré les grands
souvenirs laissés par Charles-Quint, que le premier rang serait

(1) Un des plus illustres prédécesseurs de François de Noailles, dans l'ambassade
de Venise, avait été le cardinal Georges d'Armagnac, évêque de Rodez. — Le baron
de La Garde, commandant de l'escadre française de la Méditerranée, écrivant à
l'évêque de Dax, le 26 octobre 1557, pour le féliciter de son arrivée à Venise, lui
disait : « Je me suis resjouy ayant sceu qu'il a pleu au roy vous lever de ce purga-
» toire d'Angleterre pour vous colloquer au paradis de Venise. » C'est de ce corres-
pondant de François de Noailles qu'il est question dans ce passage de la *Chronique
bourdeloise* à l'année 1569 : « Le baron de La Garde, admiral du Levant, passe le
» destroit de Gibraltar avec six galères, et vient à Bourdeaux, pour tenir la rivière
» libre contre les courses des huguenots de Blaye. »

maintenu à celui qui personnifiait la France à Venise (1). Branthôme, résumant en quelques mots tous les éloges prodigués à la
la conduite de l'évêque de Dax en Italie, nous dit : « Les roys
» ses maistres en furent fort satisfaicts, et les Vénitiens. Il en
» acquit un très grand honneur et amour. »

Plusieurs des lettres émanées de François de Noailles, pendant
son ambassade à Venise, ont été insérées, par M. E. Charrière,
au second volume des *Négociations de la France dans le Levant
ou correspondances, mémoires et actes diplomatiques des ambassadeurs de France à Constantinople et à Venise, Raguse, Rome,
Malte et Jérusalem, en Turquie, Perse, Géorgie, Crimée, Syrie,
Egypte, Etats de Tunis, Alger, Maroc, publiés pour la première
fois (Collection de documents inédits sur l'histoire de France)*,
1850. Voici comment le savant et judicieux éditeur apprécie ces
lettres, dont un très petit nombre seulement avait déjà paru dans
le tome II du recueil de Guillaume Ribier (*Lettres et mémoires
d'estat*, in-fol., Blois, 1656) : « L'une (de ces correspondances)
» est due à la plume grave et exercée de l'évêque d'Acqs, François
» de Noailles, le plus éminent des trois frères de cette famille illus-
» tre qui occupa successivement au nord et au midi presque tous les
» grands postes de notre diplomatie, et dont les lettres pourraient
» composer, à elles seules, l'histoire politique d'une partie du
» XVIe siècle (2). Dans les circonstances périlleuses où l'évêque

(1) Voir de Thou à l'année 1558. Il dit de François de Noailles : « Ce prélat, qui
» avait autant de fermeté que d'habileté, résista courageusement aux entreprises des
» Espagnols. Le Sénat, comme le rapporte Pierre Giustiniani, jugea que, suivant
» l'ancienne coutume, l'ambassadeur de France précéderait celui d'Espagne dans les
» cérémonies publiques. Jean-Baptiste Hadriani fait aussi mention de ce fait dans le
» 17e livre de l'histoire de son temps. » Voir encore l'*Histoire générale et raisonnée
de la diplomatie française*, par de Flassan, 2e édition, 1811, tome 2, p. 87. De
Flassan constate que François de Noailles eut à combattre à la fois les chicanes de
l'ambassadeur d'Espagne, homme habile et subtil, et les ménagements politiques des
Vénitiens, et, comme tous ceux qui ont eu à s'occuper de cet incident, il loue la
noble attitude prise par l'évêque de Dax, dont le caractère, là comme toujours, fut
aussi ferme que son génie fut souple et délié.

(2) Les lettres d'Antoine, de François et de Gilles de Noailles, conservées soit aux
archives du ministère des affaires étrangères, soit à la bibliothèque impériale, soit
dans d'autres collections tant publiques que particulières, sont innombrables. On en
remplirait plus de vingt volumes. Celles qui ont été publiées par Vertot, par M. Charrière, et par M. Alexandre Teulet (*Relations politiques de la France et de l'Espagne avec l'Ecosse au XVIe siècle*, etc., Paris, 1862) ne constituent pas le quart de
la correspondance des trois frères. Du reste, chacun des éditeurs que je viens de

» d'Acqs prenait la conduite des affaires d'Italie, il avait à les
» rattacher aux mouvements de la Turquie et à son intervention
» devenue plus importante et plus nécessaire que jamais. En
» exposant dans tous ses détails la situation politique de la France,
» il prélude ici en quelque sorte à l'ambassade qu'il ira plus tard
» remplir lui-même dans le Levant, à une époque non moins
» critique pour l'Europe. L'expérience de l'homme exercé aux
» affaires et élevé en dignité se fait sentir dans ses lettres par la
» portée des aperçus et par l'autorité des instructions et des
» conseils... » (Avertissement, p. xix.)

Après un séjour de quatre années à Venise, François de Noailles
revint en France. Il passa par Rome où quelque négociation réclamait sa présence. Pour prix de ses services, il reçut de Charles IX
le brevet de conseiller d'Etat (il fut aussi membre du conseil
privé, comme son frère Gilles), et Catherine de Médicis lui promit une pension de quatre mille livres qui, comme presque toutes
les pensions d'alors, était destinée à prouver que promettre est
un, et tenir est un autre. François de Noailles se rendit à Dax,
et il consacra la plus grande partie de ses revenus au soulagement des pauvres de son diocèse, où les troubles et les désordres
qui régnaient partout en France, mais surtout d'un bout à l'autre
de la Guyenne, avaient augmenté la misère dans d'effrayantes
proportions. Pendant que ce bon pasteur donnait sa fortune et
ses soins à un troupeau si longtemps privé de sa paternelle protection, Catherine de Médicis eut recours à son zèle toujours prêt,

nommer semble avoir voulu publier presque exclusivement les dépêches de chacun
de ces négociateurs : Vertot celles d'Antoine, M. Charrière celles de François,
M. Teulet celles de Gilles. Dans les cinq volumes de Vertot, on ne rencontre, en
effet, que quelques rares lettres de François et de Gilles, envoyés en mission en Angleterre pendant l'ambassade de leur frère aîné (de 1553 à mai 1556). Dans la
grande publication de M. Charrière, on trouve à presque toutes les pages le nom de
François de Noailles, pendant que le nom de l'abbé de l'Isle, son successeur à Constantinople, ne figure guère que dans la dernière partie du tome III. Enfin, le recueil
de M. Teulet, qui contient quelques lettres écrites à François de Noailles, ne nous
offre aucune lettre écrite par lui, et c'est la correspondance de Gilles de Noailles,
spécialement considéré comme ambassadeur en Ecosse, qui a été mise au jour par
le très savant archiviste. M. Teulet déplore que les documents qui se rapportent à
l'ambassade de François et de Gilles de Noailles, en Angleterre, soient restés
inédits.

et, mandataire de cette princesse dont il devait rester jusqu'à la fin un des plus influents conseillers, il alla trouver, à Orléans, le prince de Condé, et il ne réussit pas, malgré les plus habiles efforts, à empêcher que ce chef ambitieux des protestants donnât bientôt le signal de ces affreuses guerres civiles qui, sous le nom de guerres de religion, devaient se prolonger, à travers d'indescriptibles désolations, jusqu'à la fin du xvie siècle.

J'ai hâte d'arriver à ce qui fut la phase la plus éclatante de la vie politique de François de Noailles, je veux parler de son ambassade en Orient (1571-1574) (1). L'évêque de Dax avait dit du roi qui, à la prière des Vénitiens, lui confiait cette difficile ambassade : « Si ne lairray pas de lui procurer en levant, si non » toute la grandeur que je luy désire, pour le moins toute celle » que je pourray. » Il tint parole ! De l'ensemble des témoignages que j'ai voulu rassembler aussi complets que possibles sur la magnifique position prise à Constantinople par l'ambassadeur de Charles IX, il résulte que, grâce à lui, jamais la noble image de la France ne fut, en ces lointaines régions, entourée d'autant de prestige.

Ecoutons d'abord Pierre de Bourdeilles, abbé de Branthôme :

« Les Vénitiens prierent le roy de la France de moyenner la paix avec le grand seigneur, où fut envoyé M. l'evesque de Dax, de la maison de Nouailles en Lymosin, fort grand et digne personnage de ceste charge, les Venitiens l'ayant esleu et demandé au roy; lequel

---

(1) Un des devanciers de François de Noailles, à Constantinople, Gabriel de Luetz, seigneur d'Aramon, qui représenta les rois François Ier et Henri II auprès du grand seigneur, de 1546 à 1553, appartenait à la Gascogne, d'après le dictionnaire de Moréri et le dictionnaire de Bayle. Le marquis d'Aubays, qui a publié une bien intéressante relation, écrite par Jean Chesneau, du voyage de d'Aramon en Orient, dans le tome i, in-4°, 1759, des *Pièces fugitives pour servir à l'histoire de France*, le croit natif du Bas-Languedoc. On dirait qu'au xvie siècle la France méridionale a le privilége de fournir des ambassadeurs en Orient. Aux noms des frères Noailles et de d'Aramon, il faut joindre, en effet, le nom du baron François de Fumel, celui qui fut mis en pièces, en 1562, par les protestants ses vasaux, et qui, quoiqu'il ait eu une certaine célébrité, n'est l'objet d'aucune mention dans nos dictionnaires historiques, même les plus complets. A ces noms, il faut joindre encore, il faut joindre surtout celui de Jean de Monluc, évêque de Valence, qui, après François de Noailles, est le plus sagace et le plus disert interprète de la politique française au xvie siècle, et dont j'aurai prochainement l'occasion de raconter la vie si longue, si pleine et si agitée.

d'autrefois, du temps du roy Henry second, avoit esté ambassadeur vers eux, et bien venu d'eux, comme je l'y ay veu. Il fit un très heureux voyage pour eux vers le grand seigneur, et en obtint la bonne paix qu'ils désiroient.» Dans un autre passage beaucoup plus développé (*Hommes illustres et grands capitaines françois*, livre III, ch. 28), Branthôme revient complaisamment sur le même sujet, et attribue tout l'honneur d'avoir conservé aux Vénitiens l'île de Candie « à ce grand personnage, dis-je, le plus grand homme et digne de sa robbe pour affaires d'estat, M. de Dax...» Branthôme ajoute que François de Noailles, en cette circonstance, sauva « dextrement et bravement » les Vénitiens de leur ruine totale : « et ne faut point doubter, comme il » m'a dict despuis (1), que sans le roy (Charles IX), sans luy et sa » negociation, les Venitiens estoyent ruynés... Ce bon service n'est » pas petit pour la chrestienté. »

Je voudrais maintenant donner la parole à un auteur que bien peu de personnes connaissent et qui, comme Branthôme, emprunte à François de Noailles lui-même les curieux renseignements qu'il nous fournit sur quelques épisodes de l'histoire de l'ambassade à Constantinople. La citation sera un peu longue, mais Florimond de Raymond est si rarement cité de nos jours, que j'ai voulu profiter de l'occasion qui s'offrait à moi de présenter au lecteur quelques-unes des pages les plus intéressantes de son *Anti-Christ* (édition de 1607, chapitre 34, p. 637-642) :

« Ie me suis autrefois rencontré en une compagnie où estoit feu François de Nouailles, evesque d'Acqs, gentil-homme que la nature avoit enrichy de plusieurs belles parties, lequel entré sur ce discours, nous fit le récit, qu'ayant esté envoyé par le feu roy Charles en Levant, pour estre ambassadeur à la Porte du grand seigneur, lorsqu'il fut question de le saluer de la part du Roy, comme on fait à l'arrivée

(1) Branthôme a recueilli beaucoup de particularités de la bouche de l'évêque de Dax, qu'il avait connu à Venise, et qu'il revit, ensuite, à la cour. Je signalerai comme très piquant le récit que lui fit l'ex-ambassadeur en Orient de l'acte de charité par lequel, au prix de deux cents ducats, il racheta « une fort belle fille cypriote » et de bonne maison, belle comme le jour, de l'aage de dix huict ans, » qui était exposée en vente dans le plus simple de tous les costumes. Branthôme nous apprend que « M. de Dax eut beaucoup de credit à faire plaisir à beaucoup de chrestiens, » car le grand seigneur le prit en amitié, tant pour sa belle et bonne conversation, » que pour sa belle façon, car il estoit fort grand et de fort belle et haute taille, les » moustaches à leur mode, etc. »

et au despart, il se trouva en grand peine : car d'un costé, la coustume de ces barbares le forçoit de se laisser conduire comme un esclave, et ietter avec les soubmissions accoustumees aux pieds du Turc : lequel honorant les plus grands, les appelle la poudre de ses pieds. Mais de l'autre costé, la liberté françoise, et la dignité d'un evesque ne luy pouvoit permettre de souffrir ceste indignité, de sorte qu'il print resolution de ne l'endurer pas (1).

» Le iour destiné, vestu d'une robbe de drap d'or frisé sur frise, il s'en va au sarrail suivy de dix-huict gentilshommes françois. Sur ce nombre il y eut beaucoup de contestation : car les Pachats n'en vouloient admettre que huict, ces gentilshommes estoient vestus de dolimans de satin cramoisi rouge, et de serisets de veloux violets, passementez d'or (2). En ce palais Royal ils furent festoyez par les Pachats, les regardant Selim par sa jalousie. Apres le disner on se met en ordre pour aller faire la reverence. A la porte du Divan, où estoit le grand seigneur, deux Capigis, qui sont les officiers de la Porte, voulurent à leur mode saisir l'Ambassadeur par la manche qui enserre le poing, pour le conduire comme attaché aux pieds de leur maistre, ainsi qu'ils ont accoustumé faire tous ceux qui le vont saluer, depuis l'assassinat commis en la personne d'un de leurs empereurs. Mais ce grand cœur sans crainte les repoussa leur faisant dire par un truchement, que la dignité d'un Evesque françois ne pouvoit souffrir d'estre mené comme un forçat. Il contesta de telle sorte, qu'il s'en despestra, et à delivre se presenta devant Selim, lequel sans autre plus basse inclination, que d'un baise-main, et de robbe, il salua de la part du Roy (3).

« Peu de temps après, le baron de Onguenade, seigneur Carinthien, Ambassadeur de l'Empereur, prenant congé du Turc, fut mené et ramené par ses Capigis comme un esclave. Gilles de Nouailles, successeur de son frere en ceste charge, comme il a esté nommé en son evesché, ne fut pas traicté plus doucement lorsqu'il salua Selim, et depuis Amurat, soit qu'il ne voulust rompre les coustumes receües, ou qu'il ne fust si favorisé que son frère : car ç'a esté le premier am-

---

(1) François de Noailles conforma alors sa conduite aux paroles qu'il adressait, le 9 février 1561, à M. Dolu, envoyé à Constantinople, paroles rapportées par M. Charrière (p. 649 du tome II) : « Sy me semble il que (auprès des Turcs) la véhémence est plus souvent nécessaire que la gratieuseté. »

(2) En marge : dolimans sont solanes, et serisets robes.

(3) M. Charrière (tome III, p. 568.) se moque de ceux qui ont prétendu que Fr. de Noailles refusa de se laisser enlever son épée. Outre que cette arme ne figure pas d'ordinaire dans le costume d'un évêque, on peut voir, p. 251, dit-il, qu'il n'y a pas trace de ce fait dans le récit de la première réception de l'évêque d'Acqs par Sélim II.

bassadeur, qui arriva iamais à la porte du grand seigneur, sans avoir
de presens a offrir, et au Turc et aux Pachats (1). Mehemet en ayant
esté adverty l'envoya querir en son iardin, et luy remonstra le mespris,
dont il usoit à l'endroit du grand seigneur, auquel nul ne se peut
presenter les mains vuides : et puis qu'il estoit arrivé sans avoir des
presens, il luy en fourniroit de tels, qu'il voudroit, pour les offrir de
la part de son Prince. Mais l'Ambassadeur luy fit entendre, que son
Roy, qui estoit le plus grand de la chrestienté, sçachant qu'ils les
demandoient comme une chose deuë, et un tribut, luy avoit defendu
d'en presenter : et ne fut possible au Pascha de le faire plier à ce
poinct. Or il fit sa salutation, selon l'ancienne coustume, conduict par
ces Capigis. Ceux qui furent presens au discours du premier, iugerent
que ce traict, quoyque la chose eust heureusement succedé, estoit
trop hardy pour un homme tres advisé et rompu aux affaires du
monde, comme estoit l'evesque d'Acqs, qui ne devoit prendre le hazard
de rompre une coustume introduicte de longue main, parmy ceste
nation rude et farouche. Iamais Ambassadeur ne soustint avec tant
de fermeté l'honneur et la grandeur de son maistre, que celuy-là,
comme il avoit faict à Venise, l'an mil cinq cens cinquante huict,
où ce *François*, vrayment François, emporta la precedence sur dom
Vargues, Ambassadeur du roy d'Espagne.

» Ie veux que la postérité sçache (au moins si ce livre peut vivre
quelque siècle) deux autres traicts remarquables de ce grand homme
d'estat. Ce destour sera agéable au lecteur. Estant en l'audience secrette
de Mehemet, qui de chevrier esclavon estoit parvenu à ceste grande
dignité, d'estre premier Pascha, premier Vizir, et gendre de Selim. Ce
Mehemet entré en discours sur les affaires de la France, et parlant de nostre roy usa de ce mot, *France Kraab*, que veut dire, petit roy de France,
ainsi appellent-ils les autres Rois. Nouailles, plein de cœur et de cou-
rage, perdant patience, se leva, et haussant sa main et sa voix, comme
d'un homme offensé, s'addressa au Pascha disant, *yoctur, yoctur*, que
veut dire, non pas ainsi, non pas ainsi, *Franche padachaa, Franche
padachaa;* suivant tout aussitost sa pointe, qu'il mourroit plustost que
voir ravaller ainsi la majesté de son maistre, l'Empereur des
Francs. Orambei ayant faict entendre la plainte de l'evesque françois,

<hr>

(1) Je vois dans une lettre de François de Noailles (p. 183 du tome III publié par
M. Charrière) qu'il réclame à Catherine de Médicis une grande quantité de draps et
de toiles dont le roi a l'intention de faire présent au premier bassa. Mais, dans une
autre lettre de la p. 568, lettre qui est le compte-rendu d'une audience du 22 août
1574, l'évêque de Dax annonce que son frère et lui se sont présentés « les mains
» vuides. »

Mehemet avec un baissement de teste, advoua qu'il avoit tort et n'usa plus de ce mot kraat, parlant de nostre Roy...

» Voici l'autre acte genereux de cest evesque françois : Ayant eu advis que le gouverneur d'Alep et Tripoli, nommé Courbey, qui signifie loup seigneur, nepveu dudict Mehemet, avoit faict chasser les religieux, qui estoient au Sainct Sepulchre, et piller l'Eglise, abusant de la faveur et grandeur de son oncle, il en fit plainte au Pascha par Orambei. Neantmoins Mehemet faisoit la sourde oreille, usoit de remises, sans luy vouloir donner audience, portant la cause de son nepveu. L'Ambassadeur impatient de l'iniure receuë, et ennuyé des façons du Pascha, se resoult (chose qui est pleine de hasard) de porter luy mesme son Arse, c'est-à-dire sa remonstrance à Selim, lorsque du sarrail il feroit le trajet pour aller à Scutari, dans son kaid, selon sa coustume : mais le Pascha adverty de son dessein, ordonna que les Religieux seroient remis, et le tout rendu, service notable faict à la chrestienté... Si on n'y eust promptement pourveu, il estoit à craindre que nous eussions esté privez d'aller veoir le lieu où nostre Sauveur reposa... Ie m'asseure que mon lecteur aura le goust bien malade s'il ne me pardonne d'avoir quitté mon train, pour le traîner dans Constantinople... »

Pour passer des contemporains de François de Noailles aux nôtres, citons la remarquable appréciation que fait M. Charrière des principaux résultats de l'ambassade de 1571 (t. III, p. LIX).

« Dans cette succession si variée d'incidents, la plupart imprévus, dans le conflit animé des contestations qu'ils soulèvent, la France apparaît avec éclat, agissant par un ambassadeur d'une capacité éminente. En effet, pendant que l'Europe et l'Asie arment pour se combattre et se retrouver en présence l'une de l'autre, il change le cours des événements, et seul, sans armées, sans flottes, par l'autorité du talent et de la décision, il pèse sur le Bosphore de tout l'ascendant que lui donne son caractère, dissout l'alliance qui fait la prépondérance menaçante de l'Espagne, et malgré les cris de Rome et du catholicisme doublement vainqueurs par sa victoire navale de Lépante et par son triomphe sanglant de la nuit néfaste de Paris, il anéantit tous les résultats que cette ligue avait obtenus, rétablit sur sa base l'édifice ébranlé de la politique traditionnelle de la France, et couronne ce magnifique ensemble de négociations par le fait le plus extraordinaire qui eût encore signalé nos annales, en faisant décider, avec le concours de la Turquie, l'élection qui élève au trône de Pologne un prince de la maison de France.

» Tel est le rôle incomparable et sans précédents connus jusqu'alors que vient assigner ici à l'évêque d'Acqs, François de Noailles, la grandeur des transactions auxquelles il préside. L'évêque d'Acqs doit à l'inspiration des circonstances où il se trouve, et à l'énergie des actes qu'elles lui commandent, des qualités de style toutes nouvelles qui le montrent, comme écrivain, dans la maturité de son esprit, pendant que l'homme d'Etat, joignant la sûreté du coup d'œil à la vigueur de la pensée, ne s'y montre pas moins en pleine possession de ses idées et des ressources qu'elles lui offrent pour répondre aux difficultés de la situation. Aussi, par la vivacité du trait, comme par la profondeur des aperçus, cette partie de la correspondance (4) s'élève bien au-dessus de celle qu'on a déjà lue de lui dans la première période, et qu'il écrivait pendant son ambassade à Venise sous les deux règnes précédents (2). Une verve piquante de saillies, une abondance de tours fa-

(1) Cette correspondance frappa tellement le XVIe siècle que l'on en fit alors de nombreuses copies qui se retrouvent dans presque toutes les collections de la Bibliothèque impériale, par exemple dans les collections Bethune, Brienne, Dupuy, Gaignières, Mortemart, etc. La bibliothèque de l'Arsenal en possède aussi une copie. La plupart des dépêches originales appartiennent à la collection Harlay. — J'ai été bien étonné de ne rien trouver sur l'ambassade de François de Noailles dans l'*Histoire de l'empire ottoman*, par M. de Hammer (traduction de J.-J. Hellert). Ce docte orientaliste nomme seulement (p. 57 du tome VII) l'abbé de Lisle et son successeur Jacques de Germigny (1577). Ce n'est pas seulement à cette occasion que l'ouvrage si vanté de M. de Hammer m'a paru fort incomplet. Je ne veux pas cependant oublier de dire que cet historien (p. 71 du tome V) nous a appris qu'en 1525 la France accrédita pour la première fois auprès de la Porte un ambassadeur. Flassan et tous les historiens de François Ier et de Charles-Quint avaient ignoré cette ambassade dont le souvenir s'est conservé dans les rapports vénitiens et dans les histoires orientales.

(2) M. D. Nisard a très favorablement apprécié F. de Noailles écrivain, en 1857, dans son cours de littérature française, à la Sorbonne. En traitant, cette année-là, de l'éloquence diplomatique au XVIe siècle, le docte professeur distingua parmi les négociateurs éloquents, à côté de l'évêque de Dax, Paul de Foix et le cardinal d'Ossat. La seule leçon de ce cours qui ait été publiée, à ma connaissance, outre le discours d'ouverture, embrasse la carrière diplomatique de François de Noailles jusqu'à son retour de l'ambassade de Venise. Voici quelques traits de cette sérieuse appréciation que je regrette d'avoir connue trop tard :

« Avec l'évêque d'Acqs, la condition des ambassadeurs semble s'élever.» C'étaient d'abord des soldats d'aventure, presque toujours étrangers, qui acceptaient une position souvent équivoque d'agents d'affaires. Vint ensuite la période où les ambassadeurs, magistrats ou gens d'église, remuaient surtout des questions de droit féodal ou ecclésiastique. « Enfin, dans la troisième condition, et nous y arrivons
» avec François de Noailles, qui en est presque la personnification, ce sont des am-
» bassadeurs nourris à la cour, initiés le plus souvent à la politique, qui sont plus
» polis, plus munis d'études littéraires, plus distingués par les manières, par consé-
» quent capables d'ajouter, dans la diplomatie, au poids des bonnes raisons le
» charme des bonnes manières, l'attrait du langage, toutes choses qui se perfection-
» nent à la cour, mais qui sont des qualités naturelles à notre pays.
» François de Noailles est de plus un écrivain... Chez (lui), ce qui colore le style
» ce n'est pas l'humeur, ce n'est pas le caractère animé par une situation ou par

miliers et expressifs lui donneraient, autant que son origine méridionale, une sorte de parenté intellectuelle avec son célèbre contemporain Montaigne, si à une philosophie spéculative, appuyée sur des exemples pris à l'histoire et à la vie privée, ou formée de centons empruntés à l'antiquité, on voulait bien un moment substituer l'observation appliquée à l'homme et aux caractères.....»

Si l'on était tenté de reprocher à M. Charrière une trop complaisante admiration, je demanderais que l'on voulût bien lire dans son Recueil les lettres de François de Noailles, et surtout le Mémoire sous forme de lettre (p. 253-260 du tome III), dans lequel l'évêque de Dax expose si lumineusement (1) et si éloquemment les considérations qui militent en faveur du maintien de l'alliance politique avec la Turquie, et insiste d'une façon si énergique auprès de Charles IX pour qu'il étende et favorise de plus en plus les relations commerciales de la France avec l'Orient, et pour que, en s'appuyant sur la Turquie, il arrive à «contrepezer l'excessive grandeur de la maison d'Austriche.» Personne, après avoir lu ces belles pages, ne pensera que M. Charrière a donné trop d'éloges, soit à l'homme politique, soit à l'écrivain. L'abbé de Vertot n'est pas allé trop loin non plus quand, après avoir rappelé que François de Noailles mit les saints lieux sous la sauvegarde du pays de saint Louis, qu'il assura le chemin de Jérusalem à tous les pèlerins de l'Europe, qu'il termina son ambassade par

» une difficulté quelconque, c'est une certaine élévation générale de l'esprit, c'est
» l'imagination, le raisonnement et la sensibilité.

» Ainsi, par la condition, par le talent d'écrivain, l'évêque d'Acqs me paraît être
» le premier d'une série de diplomates que l'histoire ne nous a pas encore fait voir. »

« Ce qui domine en lui, dit plus bas le judicieux professeur, c'est l'homme d'action, et quand il parle avec cette vivacité et cette éloquence dont sa correspondance
» donne l'idée, on se figure qu'il devait porter la main à son côté, comme ferait un
» homme de guerre qui penserait y trouver la garde de son épée. »

Nous ne pouvons suivre M. Nisard dans son examen politique et littéraire de la première partie de la carrière diplomatique de l'évêque de Dax. Il le laisse partagé entre la cour et son diocèse durant les guerres civiles. « Pendant ce temps-là,» dit-il en finissant, « son talent se forme; il se met au courant des progrès de la langue française, » il débrouille cette langue embarrassée; il devient éloquent, vif, lumineux. » *Moniteur des cours publics*, n°s 21 et 23; 9 et 23 juillet 1857.

(1) Catherine de Médicis lui écrivait, le 27 juin 1574 (Charrière, tome III, p. 573): « J'accuserai la réception de vostre dernière depesche, laquelle, selon vostre bonne » coustume, avez faicte et tissue de sorte qu'elle donne beaucoup de lumière des affaires et occurrences de par delà...»

un traité qui rendait, pour ainsi dire, la France maîtresse du commerce de la Méditerranée, il ajoute « qu'il faudrait faire un » ouvrage particulier si l'on voulait marquer en détail tous les » services qu'il rendit à sa patrie et à la chrétienté (1). »

Après avoir, pendant ses quatre années d'ambassade à Constantinople (2), ajouté en quelque sorte un pacifique chapitre aux *Gesta Dei per Francos*, l'évêque de Dax rentra dans son palais épiscopal. Il s'attacha à ramener au catholicisme un grand nombre de protestants de Dax et des environs, et ses efforts furent couronnés de succès, comme il nous l'apprend lui-même. Si l'évêque fit alors beaucoup de bien dans son diocèse, le bon citoyen ne resta pas inactif. Consulté de toutes parts au sujet des plus importantes affaires, il exerçait autour de lui comme au loin une grande et salutaire influence, attestée surtout par de nombreuses lettres de Catherine de Médicis, du roi de Navarre, du maréchal de Biron, du maréchal de Matignon et d'autres personnages considérables, qui tous, d'après l'abbé de Vertot, auquel j'envie le bonheur qu'il a eu de lire cette précieuse correspondance, lui demandaient sans cesse des avis que dictait toujours la plus habile sagesse.

(1) L'abbé Monlezun (*Histoire de la Gascogne*, tome v), n'hésite pas à attribuer en grande partie à l'ambassade de François de Noailles « la prééminence que nous avons » jusqu'à ce jour possédée en Orient sur les autres nations de l'Europe. » L'auteur déjà cité de l'article *François de Noailles* dans la *Nouvelle Biographie générale* a fait à l'abbé Monlezun l'honneur de copier littéralement tout ce que cet historien avait dit au sujet de l'ambassade en Orient de l'évêque de Dax.

(2) L'abbé de Lisle écrit à Henri III. de Constantinople, le 26 octobre 1524 (dans Charrière, tome III, p. 589), que l'évêque de Dax est parti le 13 du même mois. François de Noailles avait gardé ce qu'il appelait « ceste misérable et périlleuse » charge » bien plus longtemps qu'il ne l'aurait voulu. Dans une lettre du 31 juillet 1572 (dans Charrière, tome III, p. 289), il se plaignait déjà vivement à Charles IX de la prolongation de son séjour à Constantinople : « Ne ma santé ne mes affaires ne » peuvent comporter une si longue absence. J'ay esté désja par deux fois mallade, » non sans danger : tous mes gens le sont à présent. La peste est ordinaire par deçà » et me tient à ceste heure assiégé jusques aux portes de mon logis. Je suis icy entre » barbares sans aucune civile conversation. Il pleut à Vostre Majesté me promettre » que mon voiage ne seroit que pour ung an; toutesfois je suis au quinziesme mois » d'iceluy » En même temps, l'évêque de Dax adressait à la reine-mère de semblables doléances, demandant, selon les promesses qui lui avaient été faites, son frère pour successeur, « lequel fut jugé capable de pareille charge du costé d'Angleterre, » il y a dix-sept ans » Si la débile complexion de son frère ou ses affaires l'empêchent d'entreprendre un « si loingtain et incommode voyage, » il désigne en ces termes le successeur qu'il voudrait lui être donné : « J'ay icy ung parent gentilhomme de » bonne part, homme de bien, de sçavoir et d'entendement, conseiller en vostre par-» lement de Bordeaux, nommé le sieur de Montaignac, auquel j'ay toutjours fait » franche communication de ma charge, etc. »

En 1585, l'évêque de Dax parut à la Cour pour la dernière fois. Le président de Thou a raconté (tome ix de la traduction française in-4°) son entrevue avec Henri III. «Ce prélat illustre, » dit-il, par sa naissance, et naturellement prudent, possédait en- » core une expérience consommée, qu'il avait acquise dans ses » ambassades d'Angleterre, de Venise, et dans celle de Constan- » tinople, dont il s'était acquitté depuis peu avec beaucoup d'hon- » neur... Quelques affaires domestiques l'avaient amené à Paris. » Il se disposait à repartir, lorsque Henri, qui avait toujours beau- » coup estimé le grand sens et la prudence de ce prélat, le fit » venir en particulier, au moment qu'il s'y attendait le moins. » Là, après l'avoir fait asseoir, faveur dont ce prince l'honora à » cause de son grand âge et de ses services,» Henri III, ne sachant quelle décision prendre au milieu des circonstances les plus diffi- ciles, réclama le secours de ses lumières, l'engageant à parler en toute liberté. La réponse de François de Noailles occupe douze pages dans le livre de J.-Auguste de Thou (p. 300-312). C'est un discours dans lequel l'évêque presse le roi de déclarer la guerre à l'Espagne. Le principal motif invoqué par l'éloquent orateur est que la guerre extérieure délivrerait la France des horreurs de la guerre civile. Si le beau discours rapporté par de Thou a été pro- noncé tel que nous le lisons, je ne m'étonne pas d'entendre l'his- torien ajouter : J'ai ouï dire depuis à l'évêque de Dax que le roi parut l'écouter avec plaisir. De Thou nous apprend que le Conseil jugea le dérivatif dangereux et n'osa pas approuver une politique dont la prévoyante vigueur aurait, en ces temps orageux, relevé sans doute la fortune de la France (1).

Peu de temps après son retour de Paris, François de Noailles mourut à Bayonne, le 19 ou le 20 septembre (2) 1585. Il pouvait

(1) Dix ans plus tard, Henri IV réalisa les vœux de François de Noailles. Il ne déclara la guerre au roi d'Espagne (17 janvier 1595) que «pour mieux finir la guerre civile,» suivant la remarque d'un savant historien (V. Duruy, *Histoire de France*, 1864, t. 2, p. 170.)

(2) Le 19, d'après Moréri, H. du Tems, la *Nouvelle Biographie générale*, etc.; le 20, d'après l'abbé de Vertot, suivi par de Flassan, lequel assure (note de la page 89 du tome ii) que l'évêque de Dax laissa un regret universel de sa perte. Chaudon

mourir en paix ce zélé serviteur de son pays—je dirai plus— ce zélé serviteur de la civilisation, car sa vie avait été féconde en nobles œuvres, et il avait bien mérité des hommes et de Dieu. On l'a proclamé un des plus grands de son siècle (3). Il fut d'autant plus grand que ses vertus, parmi lesquelles je place en première ligne ce patriotique dévoûment qui ne s'éteignit qu'avec son dernier souffle, ne furent point inférieures à son génie.

Un mot maintenant des lettres qui vont suivre. Presque toutes sont tirées d'un volume du département des manuscrits de la Bibliothèque impériale (fonds français), où quelques-unes d'entre elles se trouvent à l'état de minutes horriblement griffonnées (4). J'ai choisi, pour les publier *in extenso*, celles qui m'ont paru offrir le plus d'intérêt, tantôt à cause de leur forme heureuse, tantôt à cause des renseignements nouveaux qu'elles renfermaient. Je me suis contenté de reproduire quelques fragments ou même de résumer le contenu de plusieurs lettres relativement insignifiantes. Puisse-t-on me savoir gré de ma discrétion, en un temps où trop de personnes pensent que tout ce qui est inédit est par cela même digne de voir le jour! Parmi les documents que j'ai cru pouvoir transcrire en entier, on en rencontrera plusieurs d'une singulière importance, soit pour la biographie de François de Noailles, soit pour l'histoire générale, soit surtout pour l'histoire particulière de la province de Guyenne, et notamment pour l'histoire de la ville de Dax et de la ville de la Réole. J'espère qu'après avoir lu ces documents si diversement instructifs, nul ne m'accusera d'en avoir exagéré la valeur, comme j'espère que nul ne refusera de payer

donne une autre date, celle du 16 septembre, et le chanoine Monlezun (tome V, p. 478) en indique une autre encore, celle du 15 du même mois. J'ai toujours trouvé Vertot si bien informé en ce qui touche aux Noailles que je ne crois pas me tromper en adoptant la date préférée par lui.

(3) Voir la *Nouvelle Biographie générale*. G. de Lurbe avait dit : « Vir carté et rerum experientiâ et consilio nemini suorum temporum secundus. »

(4) J'ai extrait pour quelques notes la substance de certains documents que contient à la Bibliothèque du Louvre la collection Noailles (F 325, 1re série, 1er vol.) La collection Godefroy, de la Bibliothèque de l'Institut, m'a fourni une curieuse lettre, écrite par François de Noailles, deux mois environ avant sa mort, et adressée à Henri III. Tout charlatanisme d'éditeur à part, je dirai que cette pièce couronne admirablement la série des trente-six dépêches de l'évêque de Dax, qu'il m'avait été donné de recueillir déjà.

en sympathiques souvenirs à François de Noailles la vieille dette de
la France !

I

A CATHERINE DE MÉDICIS.

Bibliothèque impériale. Fonds Français, vol. 6908, p. 170.

19 septembre 1562.

Madame j'ai (1) long tamps ja entendu par vos lettres et despuis
par Purlan le contentement qu'il vous plaisoit avoir des afferes que
j'avois faictz à Orléans pour aider à procurer quelque repos à vostre
pouvre royaulme suivant le commandement que j'en avois de Vostre
Magesté de sorte que je ne puis plus desirer pour ce regard si non
vous pouvoir suffisament tesmoigner l'extresme regret que j'ai eu que
mon labeur pour vous n'a peu estre aussi utille que vous aves daigné
le tenir pour agréable dont je ne veulx fallir à vous prévenir très
humblement et vous dire, Madame, que depuis deux mois et demi
qu'il y a que je suis en ce pais je n'ai resté de faire tout ce qui m'a
esté possible pour i entretenir et assurer la tranquillité que je y ay
treuvée laquelle est Dieu merci telle que je ne sçaurois rien préfé-
rable, pour vostre heureux désir et plus grande prospérité, au service
du roy et vostre, que de la voir samblable par tout vostre royaulme.

Au demeurant Vostre Magesté Madame sçait très bien que nous
sommes trois frères qui avons longuement fidèlement et heureusement servi et toutes fois pas ung des trois ne se treuve despuis sept
ans accreu ne amandé d'honneurs ne de bienfaicts du Roy chose qui
ne se peult dire de gentilshommes de France que de nous. Il n'est
ja besoing, Madame, que je vous ramentoive et l'importance et l'u-
tilité de nos services passés puisque Vostre Magesté m'a souvent faict
cet honneur non seulement de me dire qu'elle sen recordoit tres bien
mais aussi promettre ungne prochaine et arrestée remuneration, et
néantmoings, Madame, il set passé plusieurs occasions ausquelles
nous et nos freres avons esté obliés (2)...

(1) Pour faciliter la lecture des lettres de François de Noailles, j'ai cru devoir
ajouter à ma copie quelques accents et quelques apostrophes. François de Noailles
n'emploie jamais ni les uns ni les autres.

(2) Cette lettre est de la main même de François de Noailles. D'assez nombreuses ratures indiquent que c'est là un brouillon précipitamment écrit. L'encre qui a
blanchi et les caractères mal formés rendent la lecture de cette lettre fort difficile. La

II

AU ROI CHARLES IX.

Ibidem, p. 173.

3 novembre 1562.

Sire, mardi dernier xxvii du passé, je receuz la lettre qu'il vous a pleu m'escrire de Ayen le x septembre, portant exprès comandement de m'en aller au concile (2) et faisant mention de m'en avoir escript une précédente pour semblable occasion laquelle ie n'ay jamais receue.

Sire je ne sçay d'où peult estre provenue la faulte que vostre premiere lettre ne m'ait esté rendue car estant escripte au mois d'aoust (comme ie croy qu'elle estoit) ainsi que j'ay veu par la coppie d'aultres pareilles qu'ont receu mes confreres, j'eusse eu deux mois de bon loisir pour porvoir a mon voiage, et encores, Sire, que mes meilleurs remedes existent aux moiens que ie puis esperer de vostre secours et bonté, si est que j'eusse plustost pressé mon frère aisné de vendre de son bien pour me secourir, que d'incommoder vos afferes en la presente nécessité. Mais le terme m'est si court et le voiage est de telle entreprise pour la longue et grande despence qu'il y fault supporter que ie suis contrainct, Sire, supplier tres humblement Vostre Magesté vouloyr considérer que j'ay esté depuis neuf ou dix ans presque tousiours hors de ce roiaulme pour vostre service où ie n'ay espargné ni mon labeur ni mon industrie et encore moins la bourse de mes amis et la mienne et le crédit que j'ai pu trouver envers les estrangers et le bien de mes parents, de sorte que j'en suis demeuré en

fin surtout est en certains endroits à peu près indéchiffrable. J'y vois pourtant qu'il est dû par le roi à l'évêque de Dax plus de 30.000 livres de ses appointements, et qu'il n'a jamais reçu un sou de la pension de 4,000 livres qu'il plut à Catherine de Médicis lui faire accorder à son retour d'Italie, et dont trois quartiers sont échus déja. François de Noailles y rappelle qu'il a dit plusieurs fois à la reine qu'il est le seul serviteur de sa qualité qui puisse dire n'avoir jamais reçu un écu en don de S. M. ni de ses prédécesseurs. « Je sçai bien, Madame, ajoute-t-il, et le sçai par » trop que le temps est incommode pour tirer grand argent de l'espargne, mais je » sais aussi que vous jugerez estre tres raisonnable que n'aiant en aulcune récom- » pense de mes labeurs je sois asseuré le moins de ce qui mest deu. » L'évêque de Dax demande, dans les dernieres lignes, au moins une partie de son remboursement, afin de pouvoir payer des dettes qu'il a été obligé de contracter.

(2) Le fameux concile de Trente réuni d'abord par le pape Paul III, en 1545, et dont les sessions furent interrompues pendant plusieurs années. Convoqué de nouveau par Pie IV, le 23 novembre 1560, le concile n'acheva qu'en 1563 son œuvre admirable. Ce fut le 26 janvier 1564 qu'une bulle de Pie IV confirma les actes de la grande assemblée.

arriere de plusieurs notables sommes et mesmement en Itallie comme il se peult voir par mes comptes qui montent plus de trente mil francs que Vostre Magesté me doibt tant de mon estat que fraiz extraordinaires. Sire, je scay bien que ni la fidellité, ni la longueur de mes services passez me pourraient excuser de l'intention et obligation que j'ay de vous en fere toute ma vie, mais ma présente nécessité est telle qui faict violence et à mon desir et à mon debvoir (1) qui me faict, Sire, supplier plus que tres humblement Vostre Magesté me vouloir aider ou du vostre ou du mien pour parfaire ce voyage ainsi qu'elle jugera appartenir à sa reputation afin que ma pauvreté ne soit tellement recognue et descouverte en Itallie que par l'inégalité d'une soubdaine mutation la dignité du lieu que j'ay naguères tenu en ce pais la vint à souffrir quelque diminution de sa grandeur ni moy de l'honneur que vostre nom m'y a acquis qui sera l'endroict où je prieray Dieu, Sire, vous donner en toute prospérité et santé très longue et heureuse vie.

De Noailles ce IIIe jour de novembre 1562 (2).

(1) En marge, l'évêque de Dax a ajouté quelques mots desquels il résulte qu'il craint que ses *créditeurs*, le voyant en un lieu où ils auront moyen de le faire arrêter, ne lui infligent cette honte.

(2) Le 3 novembre 1562, François de Noailles écrivit deux autres lettres sur le même sujet, l'une a la reine mère (même volume, p. 175), l'autre au roi de Navarre (p. 176). Voici les premières lignes de celle qui est adressée à Antoine de Bourbon. [Le roi de Navarre mourut peu de jours après (17 novembre). On sait qu'il avait été blessé, dans les premiers jours d'octobre, en faisant le siège de Rouen, et que sa blessure ne devint mortelle, comme celle de Richard Cœur-de-Lion, qu'à la suite de honteuses imprudences.]

« Monseigneur

Ne m'estant trouvé à Bourdeaux quant l'abbé de Lisle mon frere en partit pour aller a la court je luy ay depuis escript de vous rendre compte de mes actions passees et présentes par où vous aurez peu cognoistre que j'ay tousiours fidellement continué en l'affection et obligation que j'ay au service du Roy et vostre comme aussy j'ay tousiours creu qu'estant vostre bonté demeurée informée de la vérité elle continuerait de me tenir en sa grâce de laquelle aiant tousiours esté assisté par le passé je m'en veulx promettre tout secour- et faveur pour l'advenir et singulièrement en l'occasion qui s'offre présentement comme vous pourrez entendre par mon dict frère.... »

Cette occasion, c'est l'invitation d'assister au concile, invitation qu'il ne peut accepter si on ne lui en fournit les moyens. De même, dans sa lettre à Catherine de Médicis, François de Noailles prie la reine de ne pas souffrir qu'il fasse le voyage de Trente, ou du moins s'il doit boire ce calice (sic), qu'il ne soit point réduit à faire un tel voyage à ses dépens. Là encore il rappelle qu'il a résidé sept ans hors du royaume, pour le service de la couronne de France, sans avoir retiré le moindre fruit de ses travaux, soit en honneurs, soit en bienfaits du roi. Il répète (comme le père du grand Frédéric, les rois ont l'oreille dure quand on leur demande de l'argent!) il répète, dis-je, qu'il n'a pas même été payé de ses parties extraordinaires ou appointements d'ambassadeur à Venise, ce qui s'élève à plus de 30,000 livres, et il supplie la reine de faire en sorte qu'il ne paraisse à Trente que dans une situation conforme à la dignité du rang qu'il a tenu jusqu'à ce jour.

III

AU CARDINAL DE LA BOURDAISIÈRE.

Ibid., p. 340.

Sans date, mais de l'année 1562.

Le roy et la reyne veulent que je parte dans trois ou quatre jours pour faire un voyage par delà. Ceste corvée avec vostre ayde me pourra apporter quelque amendement duquel j'ai bien grand besoin car tous les services que j'ay faits aux feus roys despuis dix ans (ne m'ont valu) pour toute recompense que le plus pauvre evesché de ce royaulme (1). Je vous supplie d'assurer Sa Saincteté que je désire luy faire très humble et fidelle service, et que je luy feray voir et cognoistre que ceux qui m'ont voulu peindre à Sa Saincteté autre que je ne suis, ne tiendroient pas ce langaige s'ils pensoient qu'on leur respondit. Pendant ces troubles j'ay tousiours vescu dans ces montagnes de Limosin dieu mercy en pleine paix et repos, et vous assure sur mon honneur et sur ma vie que i'ay demeuré treize mois sans voir M. le cardinal de Chastillon (2), le nom duquel, l'obligation que je luy ay, l'amitié qu'on voit qu'il me porte m'a suscité toutes ces ombres dont je ne suis pas beaucoup en peyne, m'assurant que les commandements de leurs Magestés avec la vérité du fait garantiront et justifieront toutes mes actions.

Je me suis advisé pour clore la bouche à tous calomniateurs de vous envoyer l'attestation faicte à Paris pour servir à mon frère, à qui j'ay résigné mon evesché (3). Elle est signée et scellée de M. l'evesque de Saincte-Croix, nunce de nostre Sainct Père par deça.

---

(1) Ce qui me fait croire que la présente lettre est de 1562, c'est que François de Noailles commença, dans l'année 1553, à rendre à Henri II d'importants services à Londres. Entre 1553 et 1562, il y a bien près des dix ans dont parle l'évêque de Dax. De neuf à dix, la différence est si petite qu'elle n'existe pour ainsi dire pas. D'ailleurs, l'expression *corvée* appliquée ici au *voyage par delà* se retrouve, dans la lettre au roi de Navarre, appliquée au voyage à Trente. Cette coïncidence est caractéristique.

(2) Odet de Coligny, fils du maréchal de France Gaspard de Coligny, qui mourut à Dax le 24 août 1522, et de Louise de Montmorency, sœur du connétable Anne. Odet de Coligny, archevêque de Toulouse à 19 ans et cardinal à 17, fut, comme apostat, excommunié par Pie IV. Les ennemis de François de Noailles tirèrent parti des excellentes relations qui avaient autrefois existé entre lui et le nouveau calviniste pour rendre l'orthodoxie de l'évêque de Dax suspecte au Souverain Pontife. « La calomnie, dit l'abbé Hugues du Tems, le contraigoit de se justifier auprès de Pie IV du crime d'hérésie qu'elle lui imputait. »

(3) Nouvelle preuve de l'exactitude de la date que j'attribue à cette lettre. Ce fut, en effet, en 1562, que Gilles de Noailles devint le coadjuteur de son frère avec future succession.

IV

AU SECRÉTAIRE D'ETAT VILLEROY.

Même volume, p. 225.

12 juin 1568.

Monsieur

Ayant sceu presentement que ce porteur qui est le chevaucheur de Castetz estoit depesché en poste à la court je n'ay voleu faillir de vous escrire cele cy pour vous donner advis que suyvant ce que je vous escripvis le premier de ce mois par mon homme j'arrivay en cete ville le un^e d'iceluy et en l'heure de mon arrivée il n'y avoit encores rien de faict ny esperance de faire pour la pacification des troubles de la Basse-Navarre et en estoit desia retourné M. le président de La Ferrière hors d'espoir qu'il y eust aulcune bonne fin. Toutesfois depuis III jours les choses ont esté tellement remises en bons termes d'une part et d'aultre qu'on en peult attandre ung heureux succez. Je ne vous diray poinct Monsieur de quoy ma venue par deça y peult avoir servy car comme je vous ay long temps a escrit, je ne suis gueres bon facteur pour débiter ma mercerie, mais il me suffira de vous dire que je pars presentement pour m'en aller à Pau où la Reyne de Navarre me haste fort de me trouver pour assister à la conclusion de ce difand qui a esté remys audict lieu où j'espere estre demain dieu aydant dont je n'ay voleu faillir de vous donner advertissement affin d'en faire telle communication à Leurs Magestés que trouverez estre à propos vous suppliant pour la fin me vouloir tenir en leurs bonnes grâces et vostre. D'Acqs, ce XII juin 1568 (1).

V

A L'AMIRAL DE CHATILLON (2).

Ibidem, p. 216.

2 octobre 1570.

Monseigneur,

Suivant la lettre que je vous escripvis par Monsieur de Sarragosse

---

(1) A la page 214 du même volume, on trouve, à la date du 26 octobre 1568, un *Mémoire dressé par François de Noailles pour servir à M. de Villeroy lorsqu'il écrira à M. de Monluc, au capitaine Tilladet, gouverneur de Bordeaux, au sieur de Saint-Esteven, gouverneur d'Acqs, et à son lieutenant le sieur de la Motte au sujet de l'évêché d'Acqs que mondict sieur evesque d'Acqs voulait faire rebastir ayant esté démoli par ordre du roi François Ier pour fortifier cette ville d'Acqs.* A ce sujet, Charles IX écrivit au lieutenant général et aux officiers du présidial de Dax, donnant ordre de céder à l'évêque les lieux vagues qui environnaient sa demeure, et même le bout de la rue qui séparait son église de sa demeure, pour y établir « un portal », et l'autorisant à faire hausser les vieilles murailles et remparts de la ville qui sont près de son logis pour qu'on n'ait plus de vue chez lui.

(2) Gaspard de Coligny, la plus grande des victimes de l'affreuse nuit de la Saint-

j'envoie ce gentilhomme present porteur expressement devers monseigneur le cardinal vostre frere (1) et vous pour remetre à son jugement et au vostre la determination de ce malheureux procès de la
Réolle (2) vous asseurant que de ma part il n'y aura aulcune appella-
tion de vostre sentence. Monseigneur je vous ay non seulement ouy
dire (mais aussi veu pratiquer) que la patience surmonte toutes difficultés d'autant que la vérité et la raison qui sont filles du temps
apprennent à la fin à ung chacun de faire ce qu'il doibt. Il y a vingt
ung ans que je commancé à faire service à mondict seigneur vostre
frere. Je suis entré en la dixiesme annee de ses larges et grandes
prommesses et encores que vous Monseigneur soiez tesmoing de la
plus grande partie si est ce que je vous ay bien voulen envoier par
cedict porteur les extraitz et coppies de celles qui sont contenues en
ses lettres qui me sont demeurées dont je n'ay pas encores commancé
d'en sentir ung seul effaict. Voila pourquoy je m'asseure que vous ne
me blasmerez poinct d'impatiance et mesmement quant vous sçaurez
que pour tous ces mauvais traictemens je n'ay encores changé ny
alteré l'affection et fidellité que je luy ay longtemps a vouée mais je
m'attandz bien au retour de ce dict porteur d'estre esclarcy et résolu
de ce que j'en doibz esperer par cy après ce pandant je me tiens tout
asseuré que vous, Monseigneur, n'oublierez de lui vivement representer ce qu'il a promis à qui il a promis et pourquoy il a promis et
quant ores de malheur il ne vouldroit poiser ces trois choses la pour
le moins je ne puis croire que vous et luy ne veuillez considérer la
qualité, dignité et condition du prometeur. Voila pourquoy en quelque sorte que ce soit je ne puiz attandre qu'ung heureux succez du
voiage de ce dict porteur auquel j'ay commandé de prandre son
adresse à vous tant pour ce reguard que pour vous compter quelques
particularités dont je vous supplie le vouloir croire comme vous vou-

Barthélemy. Tous ses contemporains l'appelaient l'admiral de Chastillon, et c'est
sous ce nom et sous ce titre qu'il faut chercher l'intéressant et considérable article
biographique que Brantôme lui a consacré dans ses *Hommes illustres et grands
capitaines françois.*

(1) De Thou (traduction française, tome IX, p. 298), nous aprend que François de
Noailles « avait été, pour ainsi dire, elevé dans la maison de Coligny; » il ajoute
que « c'était d'elle qu'il tenait les premiers commencements de sa fortune, par les
» riches bénéfices que le cardinal de Châtillon lui avait autrefois donnés. »
D'après la lettre que l'on va lire, le cardinal n'aurait été généreux qu'en promesses.

(2) Au sujet du prieuré de cette ville, comme on le verra dans les lettres suivantes. L'histoire de l'antique prieuré de La Réole fournirait la matière d'un curieux
volume. Pourquoi les Bénédictins du siècle passé n'ont-ils pas retracé cette histoire?

driez faire moy mesmes qui sera l'endroict de mes tres humbles recommandations à vostre bonne grace priant Dieu

Monseigneur vous tenir pour jamais en la sienne.

De Paris, ce xxii octobre 1570.

VI

AU CARDINAL DE CHATILLON.

Ibid., p. 217.

22 octobre 1570.

Monseigneur,

J'envoie ce gentilhomme expres devers vous pour remetre a vostre jugement la determination du prieuré de la Reolle auquel je nay jamais pansé avoir autres droicts que la prommesse laquelle vous men fistes premierement a Chastillon sans que je vous en requisse et depuis me l'avez souvent confirmée tant de vive voix que par plusieurs lettres dont Monseigneur l'admiral vostre frere est bon tesmoing. Quant au procez qui y est intervenu il feut commencé à Bordeaux pour empescher que Monsieur de Montluc (qui en ce temps la estoit mieulx roy de Guyenne que son maistre) ne se mit dedans comme veritablement il eust faict sanz moi. Quant à celluy qui est au conseil privé ce sont mes parties qui mont tiré et poursuivy de ce cousté la et na pas tenu à moy quil ne soit cessé il y a longtemps car jay souvent protesté que je n'en voulois esperer que ce que vous commanderiez et ay tousiours prié que le tout fust remis à vostre decision dont Monsieur de Montmorancy vous randra tesmoiniage et vous mesmes Monseigneur sçavez bien que j'ay envoié trois fois en poste devers vous pour vous supplier tres humblement de prandre cete cause en main et la juger apres m'avoir ouy. Or Monseigneur pour conclusion je ne pretandz autre titre a ce bénéfice que vostre parolle laquelle est à vous de me faire valoir ce quil vous plairra qui sera l'endroict de mes très humbles recommandations à vostre bonne grace priant Dieu

Monseigneur vous tenir pour jamais en la sienne.

De Paris, ce xxij d'octobre 1570.

Monseigneur je n'ay point voleu perdre tempz a vous compter ce que mes services ont merité en vostre endroict car congnoissant vostre bon naturel comme je fais je veulx esperer que ce sera à ce coup que vous me ferez cognoistre la memoire que vous en avez et me donnerez occasion de demeurer pour jamais, etc.

VII

AU MÊME.

Ibid., p. 217.

Du même jour.

Monseigneur retournant dernierement M. de Sarragosse d'Angle-terre il me fit entandre comme il vous avoit pleu luy dire que le prieuré de la Reolle estoit encores à vostre commandement et dispo-sition pour le reguard du protonotaire du Mesnil et que si je ne pan-sois mon droict bien asseuré et me departant du procès je le remetoiz entre voz mains vous regarderiez ce que vous auriez à faire qui a esté l'occasion que j'anvoie presantement ce gentilhomme exprèz de-vers vous pour rapporter tout l'interest que j'y pretandz à vostre seule volunté tout ainsi que si le bénéfice vacquoit de nouveau par ainsi puisque les empeschemenz qui vous ont cy devant gardé de le me donner suivant vostre premiere intention sont à present oustez, je veulx tant espérer de vostre bon naturel qu'estant les choses reve-nues en vostre puissance par le consentement des parties comme elles sont, vous en ferez à ce coup telle resolution que vostre promesse ny demeurera intéressée ny mon espérance déceue, vous asseurant, Monseigneur, que je n'y pretandz ny ay jamais pretandu autre titre que ceste dicte vostre parolle laquelle j'ay tousiours estimé plus seure que toutes les bulles de Rome. Qui sera l'endroict, etc.

Monseigneur je m'asseure que vous croiez bien que je ne me feusse pas mis dans le prieuré de la Reolle sans le vicariat que vous m'avez expressément donné pour y pourvoir en faveur et non d'autre, si après l'avoir gardé avecques grand péril et despance contre plusieurs qui sen feussent emparéz sanz moy vous trouviez raisonnable que j'aie cete honte d'en sortir pour en acomoder le protonotaire du Mesnil. En me le commandant vous serez obey et i'essaieray de prandre pa-tience bien est vray quelle me seroit plus doulce à supporter si c'étoit pour ung qui vous feust frère, nepveu ou proche parant.

VIII

AU CARDINAL DE PELLEVÉ (1).

Ibid., p. 218.

5 octobre 1577.

Monseigneur

Depuis mon arrivée à Montluçon iusques à ce que j'aye esté en ce

(1) Le cardinal Nicolas de Pellevé était alors archevêque de Sens ; il mourut ar-chevêque de Reims, le 26 mars 1594. On répète trop souvent, à l'occasion de cette

lieu, j'ay eu tousiours plus de loisir de vous escrire que de subiect, et depuis ma venue en ceste court jusques à ce jourdhuy j'ay eu trop plus de subiect que de loisir. Je ne doubte poinct que vous ne soiez tres bien adverty de tout ce que je vous eusse peu escrire du succez des affaires de France, par ce je vous diray seulement ce qui touche mon particulier qui est monsieur tout en ung mot qu'ayant tousiours espéré que le Roy et la guerre me deubt remetre en mon bien, tant pour la justice de sa cause que pour la prospérité de ses armes, je puis dire (à mon grand regret) que par la pais j'en suis du tout exclub, d'autant que la Reolle (pour laquelle vous monsieur avez pris tant de peine pour moy) demeure aux huguenots pour une des huict villes de leur seureté et ce qui est encores plus digne à comporter est que depuis ladicte pais, le cappitaine qui commande la dedans a faict abattre mon eglise, razer tout le logis du prieuré, et saper tout le cloistre, avec toutes les maisons des relligieux qui est une ruine si lamentable que lon ne pourroit refaire pour cent cinquante mille franqs. Quant à Daqs et a la petite abbaye tout de mesmes, de sorte que quant bien la pais debvroit durer, il me fauldra attendre ung an entier devant que jouir du bien que jay ce dónt je loue Dieu et le supplie me donner patience. Ce pandant et pour tousiours je ne celeray l'obligation que je vous ay, laquelle ne me lairra jamais vivre content jusques à ce que j'aye rencontré cet heur de vous pouvoir faire quelque bon service, à quoy voz commandemenz me trouveront tousiours affectionné, qui sera l'endroict de mes tres humbles recommandations à voz bonnes graces, priant Dieu Monsieur vous tenir pour jamais en la sienne (1).

mort, une niaiserie dont je demande à faire justice en passant. On prétend que l'indomptable ligueur, apprenant que Paris avait ouvert ses portes à Henri IV, éprouva un tel saisissement qu'il expira quatre jours après. Mais d'abord on n'a pas besoin d'un saisissement pour mourir, quand on a déjà 76 ans; et puis, comment la reddition de Paris aurait-elle pu causer une si terrible secousse au cardinal, alors que cet évènement était depuis longtemps prévu? Croyons que le désespoir n'a pas plus tué le cardinal de Pellevé qu'il ne tua le rhéteur Isocrate presque centenaire, et que tous les deux sont naturellement et prosaïquement morts de vieillesse.

(1) Suit (même page) une lettre (de la même date) adressée au cardinal de Rambouillet. François de Noailles le prie d'écrire à M. de Rieux qui s'était chargé de rembourser à M. Haton le prix des bulles de la petite abbaye de Dieuvielle dont François de Noailles venait d'être pourvu, mais, dit le prélat, M. de Rieux a oublié sa promesse. De plus, il a oublié de payer les 800 écus qu'il emprunta à son départ de Padoue sur le crédit de l'évêque de Dax, et l'intérêt de cette somme depuis un an.

Il y a dans le tome III de la collection Noailles, à la Bibliothèque du Louvre, plusieurs lettres écrites, en cette même année 1577, par l'évêque de Dax, à son frère Antoine de Noailles, à Bordeaux, ainsi qu'à Madame de Noailles, sa belle-sœur. Ce sont des lettres de famille et d'affaires. Je lis dans une de ces lettres (p. 123) les lignes que voici : « Je n'ay plus de toutes les esclaves que j'ay rachaptées qu'une » Veronze c'est-à-dire de Veronne de laquelle je ne suis point enchanté Dieu mercy

IX

AU CONNÉTABLE DE MONTMORENCY.

Ibid., p. 219.

22 janvier 1578.

Monseigneur

Le secretere Massiot (1) vous aura dit l'extresme regret que j'ai eu de ne vous pouvoir aller baizer les mains au partir de Poitiers lequel s'est grandement accreu après avoir esté quelque temps en ce pais dautant que j'ai eu le loisir d'y remarquer tant de choses extravagantes non seulement faites par le passé, mais qui durent encores que je suis bien marri que je n'ai cet heur d'estre près de vous pour vous supplier tres humblement que *ex plenitudine prudentiæ tuæ omnes nos accipiamus*, car à la vérité, Monsieur, nous en avons grand besoing en ce pais ainsi que vous dira plus au long ledict Massiot lequel vous randra conte aussi si vous plait du procès que j'ai au conseil privé du Roy contre ung home si ingrat et infame que son nom est indigne de ce papier. Toutesfois il ne laisse d'estre si extraordinairement favorisé en l'iniquité de sa cause qu'il ne faut rien moins à la justice de la

» car il n'y a pas de quoy comme vous pourrez voir quelque jour. Par ainsin si vouz
» m'avez estimé par cy devant (comme vous dictes) homme de bien en ceste profes-
» sion il n'est pas temps que vous changiez d'oppinion car par raison je le doibs
» estre davantaige par cy après que n'ay jamais esté. Il y a quatre ans et demy
» qu'elle est à moy mais je crois qu'elle aura bientost ung aultre maistre, car j'es-
» père en descharger ma conscience avant la fin du prochain caresme prenant
» avec l'ayde de Dieu et luy donner ung mien serviteur pour mary qui me la de-
» mande il y a près de deux ans. » François de Noailles écrit, le 24 janvier 1577,
à Mme de Noailles (Jeanne de Gontaut-Biron) qu'il veut aller mourir au gîte comme
les bons lièvres (p. 123). On trouve dans le même tome III des lettres de l'évêque de
Dax au capitaine Laquant, personnage investi de toute sa confiance, chargé de
toutes ses affaires. Ces lettres roulent en grande partie sur une infinité de procès
dans lesquels François de Noailles est engagé. Il est surtout fort question là-dedans
d'une certaine Mme de Prouilhac, femme de M. de Cavagnac, laquelle paraît avoir
été dans le Limousin, au XVIe siècle, une plaideuse plus intrépide encore que celle
de la comédie de Racine.

(1) Le 3 janvier 1578, François de Noailles écrivait à son secrétaire Massiot (Bibliothèque du Louvre, collection Noailles, t. IV, p. 50) au sujet de l'abbaye d'Aubasine, disant combien il désirait recouvrer cette abbaye qui lui avait été si souvent
promise par le roi, et ajoutant que les catholiques d'Uzerche sont rentrés en guerre
avec les Huguenots pour ravoir cette abbaye que lesdits Huguenots n'ont encore
rendue, que M. de Turenne est parti la nuit passée avec tout ce qu'il a pu ramasser
de gens de son parti pour aller porter secours aux assiégés, que M. de Turenne a
toujours, durant les dernières guerres, tenu l'abbaye d'Aubasine au grand dommage
du comte de Fiesque et de tout le pays, et que s'il plaisoit au roi donner cette
abbaye en titre à lui, évêque de Dax, il se ferait fort de bien la garder avec l'assistance de ses parents et amis qui sont aux environs, mais qu'il ne voudrait pas en
être seulement le gardien et le concierge. François de Noailles, en défendant le mo-
nastère, voulait pouvoir lutter *pro domo suâ*. Aubasine, ou plutôt Obasine (*Obasina*),
était une abbaye de Cisterciens du diocèse de Limoges.

mienne que vostre protection laquelle puisqu'à mon grand besoing j'ay receu faveur et support contre feu Monsieur le comte de Candale, vostre beau-frere, je veulx me promettre que vous ne souffrirez que je sois plus longuement tormanté et biguarré si indignement et neantmoins pour tout cela et pour toutes les graces que j'espère de vostre bonté toute ma vie vous ne pourrez attandre de moi que le très humble service que je vous doibs long tamps ha et auquel manquera tousiours plustost la force que la foi qui sera l'endroit de mes très humbles recommandations à vostre bonne grace, priant Dieu, Monseigneur, vous tenir pour jamais en la sienne.

De Larche (1) ce xx janvier 1578.

X

A M. DE VILLEROY.

Ibid., p. 220.

22 avril 1578.

Monsieur

Ancores que je sache que le laconisme soit très necessaire en vostre endroit si est ce que je suis contraint d'estre pour ce jour asiatique (2) ce que j'espere que vous excuserez si vous plait quand vous saurez que ce qui me contraint d'en venir la sont les labeurs que j'ai respandus naguieres aux environs de l'Asie lesquels me tormantent aussi souvent que je sens leur prospere succes n'avoir esté aulcunement recogneu. Je n'aurai jamais regret d'avoir fidellement et utilement servi puisques bien faisant je n'ai faict que mon debvoir, mais ce m'est ung particulier crève-cœur que depuis vingt deux ans que je suis

(1) L'évêque de Dax (collection Noailles, tome III, p. 123) exprime le désir que l'on « fasse planter et semer force meuriers blancs à l'Arche ou, dit-il, j'espère avec » l'ayde de Dieu d'y introduire le mestier de faire les soyes... » Sur Larche, je trouve (p. 353 du volume 6905 du fonds français) la lettre suivante (sans date) du duc de Ventadour au roi : « Sire, Vostre Magesté sait assez avec quelle affection et fidé- » lité M. de Noailles a toujours chéry le bien de son service et comme il n'a perdu » aucune occasion d'en rendre preuve contre les ennemis de vostre estat. Il a une » maison de très grande importance nommée Larche, dont la surprise apporteroit » une ruine notable à vos sublects tant du Périgord que du Limosin. Je supplie » très humblement Vostre Magesté ordonner audict sieur de Noailles un nombre » d'arquebusiers pour la garde de ladicte maison de Larche et qu'elle puisse estre » conservée sous vostre obéissance. »

(2) Nul lecteur ne se plaindra de ce qu'il y a d'*asiatique* dans ce document, car c'est là, pour ainsi dire, une complète autobiographie de François de Noailles. L'illustre prélat signale avec une fierté qu'il serait injuste de prendre pour de l'orgueil tout ce qu'il a fait d'utile et de mémorable en toute sa carrière diplomatique. La chaleur du style ajoute encore à l'intérêt d'une telle pièce, et rarement la plume de l'évêque de Dax a mieux mérité l'épithète de « bien disante » donnée à sa langue par le spirituel Branthôme.

evesque du plus pauvre evesché de France j'ai faict quatre ambassades (ausquelles les roys que j'ai servi n'ont rien desiré de mes actions que les evenemens naient surmonté) sans toutesfois avoir receu ne bien faict ne recompense de quelque nature que ce soit de sorte que je puis dire (à mon grand regret) que je suis sans exemple en ce royaulme, à quoy il me semble que la bonté et libéralité du roy n'ont moins d'interest que moy de perte car quant ores la memoire de mes services seroit ensevelye a la court il sera mal aisé que la postérité n'en face quelque commemoration.

Le retour de ma légation d'Angleterre apporta au feu roy Henry les ouvertures de la conqueste de Calais.

J'ay encores une lettre de luy par laquelle il m'escripvoit qu'il s'estoit attaché a cete entreprinse contre le conseil de tous ses cappitaines ayant gecté son principal fondement sur le rapport que je lui en avois faict qu'il dict avoir trouvé très veritable.

Mon voiage de Rome (où j'estois allé porter la treve faicte en l'an 1556) rapporta à sa dicte Majesté la descouverte de toutes les pratiques qui se passoient lors entre les Espagnols et les Carraffes pour remectre la guerre en la chrestianté ausquelles si l'on eust voulu dez ceste heure la aussi bien pourveoir comme elles estoient préveues, ce royaulme fut aujourd'huy aussi riche et florissant quil ayt esté il y a deux cenz ans car il ny a pas de doubte que la rupture de ladicte treve a esté la source de tous nos malheurs et *nondum finis* (ici un blanc laissé par le copiste).

En ma légation de Venise Dieu me fit si heureux de faire juger la précedence du roy a son honneur et gloire et il n'y a lieu en la chrestianté où ce different soit résolument esclaircy que la.

Aux deux ambassades que jay eues en Constantinople on na rien desire de ma boutique pour l'eslection du royaulme de Pologne que je n'aye obtenu.

J'ay faict donner la paix aux Venitiens.

J'ay bien aydé à la treve de l'empereur.

J'ay garenty et conservé les terres de nostre Sainct-Pere en la sortie des trois plus puissantes armées que les Turcs mirent jamais en mer.

J'ay eu cet heur d'y decouvrir l'entreprinse quils avoient sur Ancone par les pratiques du sieur Francescho Ghislier nepveu du feu pape (1) auquel sur mes preuves on a fait trencher la teste.

_____

(1) Cette lettre étant écrite sous le pontificat de Grégoire XIII, le neveu du feu pape dont il est ici question était le neveu de Pie V, pape qui, de son nom de famille, s'appelait Michel Ghislieri.

J'ay faict délivrer plus de deux cens esclaves chrestiens entre lesquels estoient douze chevaliers de Malte, chose qui n'advint jamais plus.

Monsieur je scay bien que tous ces prosperes evenemens sont deubs à la grandeur du nom de noz royz et à la felicité de leur fortune mais aussi je m'asseure que vous me ferez ce bien d'advouer que Leurs Majestés ont accoustumé de faire démonstration du contentement qu'elles ont de leurs ministres ce qui ne peult estre tesmoigné que par les biens et honneurs qu'on leur distribue tant pour y remarquer leur liberalité que pour donner exemple à plusieurs qui les suivent de les imiter. Or Monsieur je vous puis asseurer que despuis vingt deux ans ma table d'attante est encores toute vuide. Il est vray que j'ay esté si peu pressant et importun et que je n'ay demandé à mon retour de Turquie pour tout cela que l'abbaye d'Aubasine qui est a Monsieur le comte de Fiesque laquelle ne vault guieres mieulx de quatre mille livres de rente. Le feu roy Charles, le roy qui est a present, et la reyne leur mere m'ont plusieurs foys promiz par leurs lettres et dernierement à Poictiers de vive voix de la recompenser (1) audict sieur comte pour me la bailler. Le secretaire Massiot sur la parole de Leurs Majestés en fit une afferme en mon nom il y a trois ans et bailla mon argent audict sieur conte lequel j'ay perdu et je n'ay pas l'abbaye ny ne l'espere plus avoir. Il y a dix-sept ans que la reyne sa mere me fit donner ung brevet de pension de quatre mille livres sur l'Espagne en attendant quelle meust faict pourveoir de dix ou douze mille livres de rante sur le premier bénéfice vacquant. Je ne receuz jamais ung seul escu de la dicte pension non plus qu'un bénéfice, combien que cela soit aussi peu advenu par faulte de vacation que de mérite. Si j'avois quelque pieses qui fut a la comodité et contentement dudict sieur comte je la luy eusse voluntiers baillée. Pour la fin, Monsieur, je ne la puis avoir (l'abbaye d'Aubasine) s'il ne plaict à Sa Majesté la recompenser et me la bailler. Je n'attends plus ce bien là que de voz bons offices et ie vous supplie bien humblement encores un coup d'en vouloir prandre la peine m'asseurant que nonobstant cete remonstrance pourveu de la vive affection qu'il vous plaict requerir a voz plus humbles amyz et fideles serviteurs j'en rapporteray le fruict que j'en attends et dont je ne vous seray moinz obligé que si vous m'aviez faict donner la meilleure abbaye de France dautant quelle est meslée parmy (*ici déchirure du papier*).

XXII apvril 1578.

(1) Indemniser.

Monsieur je vous supplie bien humblement vouloir pardonner à la vehemente douleur qui me presse si fort et qui m'a contrainct de tumber en cete presomption d'etaller ma mercerie devant voz yeux lesquels sont accoustumez de voir à toute heure choses de plus rare valeur à quoy neantmoins j'adjousteray quil na tenu qu'a moy que je n'aye point des princes estrangiers une bonne partie de la recompense de mes peines desquelles ils ont receu le fruict mais j'ay esté si religieux quil m'a semblé que nul autre que mon maistre ne me pouvoit ny debvoit recompenser et que tout ainsin que lesdites princes en demeurent obligez à Sa Majesté aussi n'appartient-il qu'à luy de recognoistre les services que je leur ay faicts par son commandement.

XI.

A CATHERINE DE MÉDICIS.

Ibid., p. 178.

26 novembre 1578.

Madame

Voz officiers du siege présidial de ceste ville escripvirent à Vostre Majesté ce que ceulx de la Religion prétendue reformee ont remué par deça depuis trois jours, et pour ce, Madame, comme cela est bien amplement contenu en leur procès verbal je diray seullement avec vostre bon congé qu'ils ont esté très diligents et fidelles à vous en rendre promptement compte aussi me semble il que ce n'est chose qui mérite qu'il n'y soit pourvu par les remedes ordinaires de vostre prudence affin que ce commencement ne soit trop tost suivi des inconvenients qui menassent ce pouvre pays à quoy j'adjouteray, Madame, comme je viens d'estre adverty qu'une trouppe de gentilshommes italiens venant d'Espaigne et voullantz aller à la cour (entre lesquels y a ung seigneur de la race Ursine) s'en sont retournés à Bayonne de deux postes par deça sur les advertissemens qu'ils out heuz des volleries qui se sont faictes sur le grand chemin de Bourdeaux tant sur aulcuns riches Portugais que autres de vos subietz et ce sera cause que ce seigneur Ursin et les autres gentilshommes italiens de sa suite seront contrainctz de demeurer longuement et à grands fraiz audict Bayonne, s'il ne plaict à Vostre Majesté commander qu'il leur soit donné escorte pour leur seureté.

Madame je prie Dieu conserver et accroistre Votre Majesté en toute prospérité et longue vie d'Acqs ce xxvie novembre 1578.

P. S. Madame je puis asseurer Vostre Majesté qu'il ne se peult rien

désirer à ses dévotion et fidelité que les habitans de ceste pauvre ville
tant les officiers du Roy que autres ont au service de Vos Majestés à
quoy ilz sont dignement esclairez par le bon exemple du président et
du maire qui sont très soigneulx et dilligentz en leurs charges.

XII

A LA MÊME.

Ibid., p. 179.

29 novembre 1578.

Madame

J'escripvis à Vostre Majesté IIIIe de ce moyz par ung chanoine de
mon evesché ce qui se passoit par deça. Je vous ay despuis escript ce
XXVIe dudict moyz et ay adressé ma lettre à Monsieur le mareschal de
Biron soubz l'enveloppe de voz officiers de ce siege presidial lesquelz
vous ont envoyé leur procez verbal des remuemenz nouveaux que les
pretendus reformez ont faict en ce païs des Landes. J'ay ce jourdhuy
veu les lettres quil a pleu a Vostre Majesté escripre aux habitans de
ceste ville du XXVe de ce moyz lesquelz désirent pour le bien du service du Roy et vostre que la ville de la Réole nagnere reprise soit aussi
soigneusement gardée comme ilz espèrent estre faict de bien garder
ceste cy.

Madame j'escripvis par mes dernieres a Vostre Majesté que ung seigneur de la race Ursine avec plusieurs gentilz hommes italiens de sa
suite estoient revenneuz a Bayonne de deux postes par deça. Toutesfois ayant despuys descouvert que nonobstant qu'il se fit appeller ainsin
par son passeport c'estoit neantmoins le seigneur don Pietro de Medicis
frere du grand duc de Tuscane et scachant l'honneur quil avoit de
vous appartenir j'envoyay incontinant à Bayonne ung gentilhomme
exprez pour le supplier de y venir icy et lui offrir ce peu que je puiz
avoir asseurant de le faire conduire à Bourdeaux en seureté mais ce-
luy que j'y avoiz envoyé vient d'arriver présentement et il me dict que
le dict sieur don Pietro s'est embarqué sur la mer et fait son compte
de naviguer jusques à Nantes dont je suis bien marry tant pour le
péril ou il s'est miz que pour ne luy avoir peu faire tout le service
que je desirois et ce sera l'endroict ou je prieray Dieu

Madame conserver et accroistre Vostre Majesté en toute prospérité
et grandeur.

D'Acqs ce XXIX novembre 1578

Vostre plus que tres humble et tres obeissant subiect et serviteur.

XIV

A LA MÊME.

Ibid., p. 180.

28 janvier 1579.

Madame

Le xe de ce moyz je receuz la lettre quil pleust à Vostre Majesté mescripre, le xxviiie du passe et suyvant vostre commandement je nay fali de faire faire une procession generalle pour prier Dieu pour la paix et pour la prosperité du Roy et vostre à quoy tout ce peuple s'est monstré très dévot et affectionné. Hier M. de Saint-Esteven gouverneur de ceste ville et les maire et juratz receurent les lettres quil vous a pleu leur escripre du xxj^e de ce moyz portant advertissement quil y avoit entreprinse sur nous qui se debvoit bientost exécuter et a esté cause quilz ont redoublé leurs gardes et combien quils soient à toute heure très vigilanz ilz y encore adjousté tout ce qui se pouvoit, trouvanz bien estrange que pendent que Vostre Majesté est en traitté de paix et quil y a desja quatre moyz qu'elle ne cesse d'y travailler, ils ne soient encore menassés de entreprinses et hostillitez, et pour ce Madame que le sieur de St Esteven vous envoye exprez ce porteur pour vous rendre compte de son gouvernement je vous diray seulement que ce pauvre gentilhomme est en très mauvais estat pour continuer sa demeure en ce lieu laquelle est très requise et necessaire pour le service du Roy et vostre luy est du tout impossible sil ne plaict à Vostre Majesté luy faire promptement donner moyen de s'y tenir car à la vérité Madame il en est tellement dépourveu tant à cause de sa pouvreté que pour n'avoir esté long temps payé de son estat (oultre une grand somme d'arreyrages dont il est créditeur) et sans l'asseurance quil vous a pleu luy donner de se faire paier par M. de Gourgues il y a long temps quil se fut retiré en sa maison car il n'a ni vivres ni argent et le pis est que les habitanz ne luy en veullent plus fournir pour ce quil a tant emprumpté par cy devant que son crédit luy est du tout faly dont il m'a semblé que je ne debvois falyr d'advertir promptement Vostre Majesté pour les dangiers qui en pourroient advenir desquelz je vouz pourray dire quelques particularitez davantaige (et de grande importance) si j'avais ce bien d'estre près d'elle et ce sera l'endroict où je prieray Dieu

Madame accroistre Vostre Majesté à toute grandeur et prospérité.

D'Acqs ce xxviii janvier 1579.

Madame hier mattin passa par ceste ville ung nommé le cappitaine Cabrete, provensal. Je scay que Vostre Majesté cognoit et son nom et ses hummeurs, il a dict en passant qu'il alloit seulement jusques à St Jean Pied de Port pour tirer quelques chevaulx d'Espaigne, mais je me doubte qu'il va plus loing et pour autre occasion de sorte que sanz quelques lettres de recommandation qu'il a portées j'eusse prié M. le gouverneur de l'arrester. Mais craignant de falir je n'ay osé passer plus avant sur quoy Madame vostre prudence saura bien juger ce qu'elle en debvra escripre au sieur de Saint Goard, son ambassadeur, pour le tenir adverti de ce qu'il aurra à faire. Madame, ceste depesche a esté retardée jusqu'a ce jourd'huy septiesme de fèvrier pour la grand difficulté quil y a à trouver argent pour le voiage de ce porteur et il a falu que j'aie miz la main à la bourse.

Vostre plus que très humble et très obéissant subiect et serviteur (1).

XV

A CATHERINE DE MÉDICIS.

Ibidem, p. 182.

21 février 1579.

Madame,

Sur le commandement qu'il a pleu a Vostre Majesté me faire par ses lettres du XIIIe de ce moyz de luy depescher homme seur et exprés j'avois resolu à la requeste des gouverneur officiers du Roy maire et jurats de ceste ville vous envoyer ung des miens pour cet effect mais hier soir à deux heures de nuict nous feumes advertis de plusieurs endroictz que la conférence s'estoit du tout rompue mercredy dernier et que ceux de la religion pretandue reformee se remuyent de touz coustez pour faire la guerre sur quoy jay pensé que Vostre Majesté se seroit incontinant eloignée de là pour prendre le chemin du Languedocq suyvant ce quil luy a pleu m'escripre par ses dernières et par consequant mon homme (oultre le danger quil y auroit de sa perte) ne pourroit rapporter aulcun service de son voiage a Vostre Majesté ny à nous aulcun fruict et pour ce que ce porteur (qui est ung jurat de

---

(1) Suit (p. 181) un billet adressé par François de Noailles à M. de Gadaigne, et dans lequel il le prie de faire en sorte que le gouverneur, le maire et les jurats de la ville de Dax ne sollicitent plus la reine d'obliger leur évêque à rester plus long-temps à Dax. Le prélat ajoute que le revenu de son évêché est saisi déja depuis deux ans, et qu'il demande à se rendre à la cour « pour plusieurs grandes et importantes » raisons qui ne se peuvent escripre » et qu'il se réserve de dire à la reine, bien sûr qu'elle les trouvera valables. En finissant, M. de Noailles veut être rappelé au souvenir de la reine de Navarre.

— 35 —

Bayonne) m'a dict qu'il estoit deliberé d'aller jusques à St Sever pour
estre mieux adverty de ces nouvelles afferes que sy l'alarme ne continue il se puisse randre à vos piedz je nay voulu falir de vous faire
tenir par luy celle cy pour vous dire franchement Madame quil est tres
necessaire que vous donniez contentement à M. de St Esteven et si fault
oultre cela qu'il plaise a voz Majestez m'envoyer commission ou en mon
absence aux officiers du Roy pour imposer sur le peuple de ceste se-
neschaussee l'entretenement de cinquante ou soixante soldatz pour le
moinz soubz la charge dudit St Esteven tant quil sera besoing vous
promectant Madame etc.

  D'Acqs, ce XXI febv. 1529.

  Madame cest affaire consiste en volunté et promptitude.

XVI

A LA MÊME.

Ibidem, p. 183.

16 mars 1529.

Madame

Jay veu par la lettre qu'il pleut à Vostre Majesté me escripre le XIII
du passé comme elle a eu agreable le service que je cuyde avoir faict
au roy et à vous de m'estre randu en cete ville où elle me commande
de continuer encores ma résidence pour avoir l'œil ouvert à la conservation d'icelle. A quoy, Madame, je diray à Vostre Majesté qu'elle n'aura
pas faulte de bons et seurz tesmoignages de ce que ma retraitte y a
apporté au service de Voz Majestez depuis cincq moiz mais d'y demeurer davantaige cela m'est du tout impossible tant pource que j'ay desia
dependu tout ce que jay peu finir de mon aultre bien (d'aultant que le
revenu de mon evesché est saisi il y a plus de deux ans), que pour des
affaires de très grande importance que les miens ont à Bourdeaulx et
en Limosin où je leur suis grandement necessaire ainsin que Vostre
Majesté entendra plus au long par ce gentilhomme present porteur.
Quant à M. de St Esteven je ne puis taire à Vostre Majesté que sans
l'instante priere que tous les officiers et habitans de cette ville et moy
luy avons faicte de n'abandonner poinct sa charge, il se fut retiré en
sa maison deslors qu'il eust receu voz lettres de sorte que si par le retour de ce porteur il ne reçoit (par effect) le secours que Vostre Majesté
luy promect, il sera impossible de le retenir une heure et ne pensez
pas, Madame, s'il vous plaict, qu'il y ayt de l'hipocrizie ou faulte de
bonne volunté de son cousté non plus qu'il n'y a aulcun artifice de ma

part mais c'est tout en ung mot son extrême pauvreté vous asseurant, Madame, qu'il y a de la pitié en ce pauvre gentilhomme et son mal est si cognu et notoire à ung chascun quil n'a poinct de besoing d'en faire autre acte parce que Messieurs de ceste ville tant voz officiers que le maire et juratz d'icelle en escripvent a Vostre Majesté laquelle je prie Dieu

Madame vouloir accroistre en toute grandeur et prospérité.

Vostre plus que très humble et tres obeïssant subjet et serviteur,

NOAILLES, ev. d'Acqs (1).

D'Acqs [la date est raturée. On lit distinctement sous la rature : ce xx° febvrier 1579. La date du 16 mars 1579 est inscrite sur le dos de la lettre.]

XVII

A LA MÊME.

Ibidem, p. 185.

5 avril 1579.

Madame, j'ay receu la lettre qu'il a pleu à Vostre Majesté m'escripre du xxvj° du passé par laquelle il luy plaict me commander de demeurer encore icy pour quelque temps iusques à ce que l'edict de pacification et resolution de vostre conference (2) soit publiée et exécutée en ce diocèse. Madame je ne m'adviserai jamais de désobeyr à voz commandemenz mais d'aultant qu'il n'est poinct encore comparu personne pour exécuter la dicte publication et que je prévoy qu'il me fauldra demeurer icy plus longuement que Vostre Majesté ne pense je la supplie tres humblement se vouloir souvenir de la promesse qu'il luy pleut me faire à Bourdeaux d'intercéder envers le Roy pour faire obtenir une évocation au sieur de Noailles mon nepveu (3) et à sa femme d'un

---

(1) C'est là la seule lettre de François de Noailles qui, de toutes celles que contient le volume, soit revêtue de sa signature.

(2) La conférence de Nérac fut tenue en février 1579 « entre la Royne mère du » Roy, assistez d'aucuns princes et seigneurs du conseil privé du Roy, et le Roy de » Navarre aussi assisté du député de Monseigneur le prince de Condé, seigneurs et » gentils-hommes, et des deputez de ceux de la religion pretendue reformée. » Les articles de la Conférence furent signés à Nérac le dernier jour de février, et approuvés par Henri III le 14 mars suivant. Voici, outre Catherine et Henry, les signataires du traité : Bouchart, député de Condé, Biron, Joyeuse, Lanssac, Pybrac, de Lamothe Fénélon, Clermont, Duranti, Turenne, Guitry, Du Faur, chancelier du roy de Navarre, Scorbiac, député de la généralité de Bourdeaux, Yolet et de Vaux, députés pour le Rouergue.

(3) Henry de Noailles, fils d'Antoine de Noailles et de Jeanne de Gontaut-Biron, qui fut une des dames de Catherine de Médicis et ensuite dame d'honneur de Marguerite de Navarre. Henri de Noailles, seigneur de Noailles, comte d'Ayen, baron de Chambres, de Montclar et de Malemort, était né à Londres le 5 juillet 1554. Il fut

procez qu'ils ont à Thoulouze qui leur est tres important et leur partie
a en ce parlement là tant de parenz et de suport extraordinaire que
sanz la dicte évocation mesdictz nepveu et niepce sont en danger d'une
grande et prochaine ruyne. Madame vostre Majesté sçait les longs et
fideles services que mes freres et moy avons faict à cette monarchie :
comme a aussi faict de sa part mon dict nepveu n'ayant fali de se trouver en tous les endroictz ausquels la guerre l'a appellé et autant que
son aaige et moyenz le luy ont peu permectre, ce qui me faict supplier
très humblement Vostre Majeste encore ung coup de vouloir faire cete
grace et faveur tant aux oncles qu'aux nepveux de leur faire accorder
la dicte evocation et pour cet effect commander à M. Pinart de m'envoier voz lettres au roy et à M. de Cheverny par ce gentilhomme présent porteur (qui est l'ung des chanoines de mon esglise) lequel s'en
va expressément par delà, pour poursuivre la restitution du revenu
que mon chapitre et moi soulionz jouyr au paiz de Bearn, avant que
le roy de Navarre se desparte de Vostre Majesté, et d'aultant Madame
que le roy a grand interest à ce faict pour les occasionz que luy repre-
sentera mon dict chanoine je masseure que Vostre Majesté vouldra
tenir la maing à la resolution de cet affaire tant pour la justice de nostre cause et nostre pouvreté que nostre espoliation est grandement pré-
judiciable au roy ainsin qu'elle pourra aussi plus particulierement
l'entendre par M. l'abbé de Gadaigne qui sçait tres bien le mérite de
ce négosse, et ce que le roy de Navarre a desia promiz et respondu à
la requeste qui luy en fut présentée des lors que Vostre Majesté estoit à
Condom.

Madame la singulière protection qu'il vous a pleu tousiours prandre
de l'estat ecclesiastique de vostre royaulme nous faict espérer de vostre
bonté tout ce qu'elle jugera estre raisonnable qui sera l'endroict ou je
prierai Dieu

Madame continuer à accroistre tousiours les heureux succès de vos
louables actions au soulagement et repos de vos peuples et subjetz qui
en ont tres grand besoing.

D'Acqs ce 5 apvril 1579.

lieutenant général du roi en Auvergne. Il épousa Jeanne-Germaine d'Espagne, mais
ce ne fut point le 22 juin 1572, comme le prétend Moréri, car dans le livre 1 de la
collection Noailles, où sont rassemblées tant de lettres de Henri, il parle lui-même
à l'abbé de l'Isle, son oncle (p. 10), le 15 août 1578, de son récent mariage avec
Jeanne-Germaine d'Espagne, qui, ajoute-t-il, est déja grosse. Peut-être y a-t-il dans
Moréri une simple faute d'impression et faut-il lire le 22 juin 1578, au lieu du 22
juin 1572.

XVIII.

AU ROI DE NAVARRE.

Ibidem p. 186.

5 avril 1579.

Sire, il pleut à Vostre Majesté dès le xxii decembre dernier accorder à l'Evesque et chapitre d'Acqs la restitution du bien qu'ils souloient jouir en voz pais souverains de Bearn pourveu que le Roy baillât desclaration de ne vouloir empescher que les beneficiers de vostre dict paiz ne jouissent des membres quilz ont dans son royaume, et c'est cause sire qu'aiant entandu la grace qu'il a pleu à Dieu faire à toute la crestiente d'avoir permiz que la conférance tenue à Nerac entre la royne sa mère et Vostre Majeste est heureusement succédé, je n'ay voulu faillir de renvoier ce gentilhomme qui est l'un des chanoines de mon esglise pour la supplier tres humblement d'escrire et commander à ses officiers de sesdictz pais de Bearn qu'ilz nous remettent en la jouissance que mon chapitre et moy avons en iceluy dont nous avons esté privez dix ans y a, et d'autant sire qu'il ne se trouvera poinct quil y ait aucun de voz subiectz ecclesiastiques qui ayt rien perdu de son revenu en France en quelque temps que ce soit, nous esperons tant de vostre bonté que vous vouldrez permetre que ne soions de pire condition, ny plus mal traictés que vos subiectz sont dans ceulx du Roy, joinct que quant oultre la dicte desclaration y seroit requise et necessaire, nous nous asseurons que la Reyne mère du roy et vostre vous en fera souvenir si ja elle n'estoit arrivée et satisfera Vostre Majesté de tout ce que Vostre Majesté jugera estre expedient pour le contentement des intéressés. Cela

Sire, avec la particulière devotion que j'ay tousiours eue à vostre grandeur et prosperité nous obligera pour jamais à vous faire tres humble service et à prier Dieu pour vostre heureux accroissement en bonne santé.

D'Acqs ce v apvril 1579 (1)

(1) Suit (p. 187) une lettre du 27 avril 1579 à Catherine de Médicis. En voici le début : « Madame, suyvant le commandement qu'il pleut à Vostre Magesté me faire par sa lettre du xxvij[e] du passe de ne partir d'icy qu'après la publication de l'edict de paiz et articles de la conférance de Nerac je y ay attandu les sieurs Damon et de Vignolles commissaires à ce deputez lesquelz nous firent voir la veille de Pasques leurs mandemens et intentions et ne trouvarent aulcune difficulté en l'execution de leur charge sauf pour raison du presche que quelques-uns de la religion pretendue refformée de ce lieu (en fort petit nombre toutesfois) demandarent aux fausbourgz de

XIX

A M. DE CHIVERNY, GARDE DES SCEAUX DE FRANCE.

Ibidem, p. 223.

1er juin 1579.

Monsieur

Dès le XIIIe jour de novembre je ne fallis de vous escripre (comme
j'ay faict encores deux fois despuis) l'aize que j'avois avec tous les gens
de bien de ce royaulme de vostre grandeur et avancement en la charge
qu'il a pleu au roy vous commettre (1) laquelle avoit plus de besoing
d'un tel restaurateur que vous, Monsieur, du labeur insuportable que
vous prenez à la reparation de ses ruynes à quoy chascun commence
desia de s'apercevoir du merveilleux amandement qu'il y a en cette
non moins désirée que necessaire refformation dont entre autres le
sieur de Noailles, mon nepveu, et sa femme se sont ressentis ung peu
plus que je n'eusse desiré par le reffuz qu'il vous a pleu faire d'aulcunes lettres d'évocation qu'ilz ont naguéres poursuivy et encores,
Monsieur, que je sois tout asseuré que ce que vous reffusez soit aussi
justement refusé que ce que vous accordez, si ne suis je pas toutesfois
hors d'espérance que vous ne relachiez quelque peu de la rectitude de
vostre justice pour faire part de vostre bonté à ces jeusnes et nouveaulx
mariés les affaires desquels sont pour courir une grande fortune et
souffrir notable ruyne s'il ne vous plaict leur departir le secours que
je me promets. Quant au mérite de leur cause, je ne doubte point
qu'elle n'eust esté trouvée juste devant ceux qui vous ont précédé,
mais devant vous, Monsieur, qui n'avez besoing ni de leur lumière ni
de leur exemple il me suffit seullement de vous representer que l'ex-
pédition des lettres qu'ils demandent (non pour acquérir l'autruy mais

ceste dicte ville ou quoyque ce soit bien prez d'icelle, à quoy fut respondu par les
dicts commissaires qu'estant la principalle intention de tous les edictz et articles de
faire cesser la guerre et rendre au peuple le repos tant necessaire il faloit pour par-
venir à ce bien là ouster premierement les deffiances et occasions d'icelle qui sont les
garnisons » Dans le reste de la lettre, l'évêque de Dax supplie la reine d'avoir égard
aux plaintes de ceux du chapitre de Dax et du clergé du diocèse, à qui l'on veut par
force faire payer les décimes, quoiqu'ils soient dépouillés depuis dix ans du revenu
dont ils jouissaient au pays de Béarn.

(1) Philippe Hurault, comte de Chiverny, avait été chancelier du duc d'Anjou
avant de devenir, en 1578, garde des sceaux de France. Trois ans plus tard, à la
mort du cardinal de Birague, il fut nommé chancelier. Les compliments que François de Noailles lui adresse ici n'étaient point des flatteries. Le beau frère du président de Thou méritait toute l'estime qui lui est témoignée par l'évêque de Dax
comme par beaucoup d'autres de ses plus illustres contemporains.

pour conserver seulement le leur et les garentir du jugement des hommes pratiqués et passionnés) leur est tellement nécessaire que, sans vostre faveur, ils sont pour recevoir une playe en leur maison qui saignera sur leur postérité (1). Monsieur, j'adjousteray à cela la mémoire des longs et laborieux services que le père et ses oncles ont faict à cete couronne en douze légations hors du royaulme pour le moincz joinct que mon nepveu n'a faly une seule occasion des voiages qui se sont faicts pour la guerre depuis le temps qu'il a peu porter les armes et où il a tousiours bien fait Dieu mercy. Pour la fin, Monsieur, je vous supplie tres humblement en considération de la reverence que je porte à vos rares vertus et au singulier désir que j'ay de vous demeurer perpétuel et obligé serviteur leur vouloir (pour l'amour de vous mesmes) accorder ce qu'ils demandent. Je désire l'accomplissement des prospérités et grâces qu'il a pleu à Dieu vous faire me recommandant, Monsieur, très humblement aux vostres.

D'Acqs, ce xx juin 1579.

P. S. Monsieur la royne mère du roy escript à Sa Magesté et à vous pour les évocations dont est question. Elle sçait le service que j'ay faict cet hyver à Dacqs pour conserver cete ville là et tout le pays en l'obeissance du roy.

XX

AU CARDINAL DE PELLEVÉ.

Ibidem, p. 226.

1er novembre 1579.

Monseigneur.

Si j'ay demeuré plus d'ung an à vous escripre je vous supplie très humblement croire que ce n'a pas esté pour ne me souvenir de l'obligation que je vous ay, car c'est chose dont je ne perdray jamais Dieu aydant la memoire et moings le désir que j'ay de vous en faire bien humble service. J'ay depuis presque tousiours demeuré en mon evesché pour faire une partie de mon depvoir que j'avois intermis dix ans entiers à mon grand regret estant bien deliberé d'y vacquer et enten-

(1) Magnifique expression, digne d'un grand écrivain. Je note que la lettre qui renferme cette éloquente phrase se place par sa date entre *La Semaine*, de Guillaume de Saluste, seigneur du Bartas (1578), et les deux premiers livres des *Essais*, de Michel de Montaigne (1580). En cette année 1580, si propice à la gloire littéraire de la Gascogne, Bernard Palissy publia ses *Discours admirables de la nature des eaux et fontaines*.

dre par cy aprez plus diligemment avec l'ayde de Dieu. Je suis venu faire ung passaige en ce pais de Lymousin pour voir Monsieur de Lisle mon frere qui n'a encore peu aller baiser les mains au roy depuis son retour de Levant à cause des extrêmes dangiers qui se trouvent sur tous les chemins de cete miserable Guyenne, et singullierement en ce desolé pays de montaigne, mais il partira dans huict jours avec le sieur de Noailles nostre nepveu et, s'il plaict à Dieu, je m'en retourneray à Bourdeaux. Je vouldrois de bon cœur, Monsieur, qu'eulx et moy fussions si heureulx de pouvoir recepvoir là et ailleurs vos commandementz ausquels nous rendrons toujours promte et fidelle obeissance qui sera l'endroict de mes tres humbles recommandations à vostre bonne grâce priant Dieu Monsieur vous tenir pour jamais en la sienne.

De Larche près Noailles ce premier de novembre 1579.

Monsieur le jeune Noailles mon nepveu s'en va à Padoue pour estudier. Il ne partira pas de Itallie sans vous baiser très humblement les mains et vous tesmoigner que les vieulx et les jeunes de cete maison vous seront à jamais tres fidelles serviteurs.

Monsieur je suis contrainct de vous dire que Monsieur de Rieux n'a encore paié l'argent qu'il emprumpta il y a trois ans et demy pour retourner à Rome qui monte à present plus de 1100 escuz. Vous me pardonnerez, s'il vous plaict, si je ne puis nommer cet acte que très sallement (1).

Monsieur je ne doubte point que ayant heu nouvelles cet hiver passé de la resprinse et qui pis est de la rediction de la Réolle il ne vous soit souvenu de mes pertes lesquelles se sont tellement augmentées par ces inconvenians là que j'en suis devenu fort estropié et si n'ay pour cella oblié ce que je vous doibs de la despesche qu'il vous pleut m'en faire obtenir de nostre Sainct Père. Quant à mon évesché qui est le plus pouvre de ce royaulme le roy de Navarre a privé mon chappitre et moy depuiz unze ans du revenu que nous soulions jouyr en son pays de Béarn qui estoit le plus beau de nostre bien. Voilà comment se passent les affaires des pouvres prebstres lesquels n'ayant grand esperance d'amendement en l'assemblée générale du clergé qui se tient à Melun je vous laisse à penser Monsieur ce qu'elle se peult promettre des articles de la conférence de Nérac qui n'est en rien observée.

(1) Il y a, p. 227, une variante. Le passage relatif au mauvais payeur est beaucoup plus développé. « Je m'assure, » dit en cet endroit M. de Noailles, « que vous »trouverez son ingratitude fort sauvage » Dois-je ajouter que M. de Noailles va, dans son indignation, jusqu'à s'écrier : *Pardieu !* Il continue en répétant la phrase transcrite plus haut : « Je ne pourrois desormais nommer cela que très sallement et or- »dement, etc. »

XXI

AU GRAND MAITRE DE MALTE (1).

Ibidem, p. 189.

2 novembre 1579.

Monseigneur,

Ayant veu une lettre qu'il vous a pleu escripre à Monsieur de Lisle, mon frere, faisant mention de moy, je n'ay volu fallir vous remercier très humblement de la mémoire qu'il vous plaict en avoir et vous assurer que vous ne sçauriez adresser vostre bonne grace et amitié à gentilhommez de ce royaulme qui vous soient plus fidelles serviteurs ni plus affectionnés à vostre ordre que mondict frère et moy avec tous nos nepveux. Je ne vous ay poinct escript il y a long tempz tant par faulte de sure commodité (ayant esté depuiz ung an presque tousiours en mon évesché qui est le bout du monde) que de subiect qui vous peut estre agréable car nous sommes tousjours en cete misérable Guyenne plus tormentez et de peur et de mal que consolés d'espérance de mieulx, de sorte que nous y vivonz en continuelle langueur avec garde extraordinaire par toutes les villes chasteaulx et maisons tant de jour que de nuict et si ne pouvons aller par les champs qu'avec troupe de soldatz pour nostre seureté. Voilà Monsieur le piteux estat de la province (2) en laquelle nous vivons dont se ressentit cruellement feu Monsieur le commandeur de Cours, qui a esté un grand dommaige. Je croy que l'on ne soit pas guiere mieulx en Languedoc et Dauphiné. Je prie à Dieu qu'il luy plaise avoir pitié de son peuple et vous continuer Monsieur en santé et prosperité ses sainctes graces me recomendant tres humblement aux vostres.

De Larche ce IIme novembre 1579 (3).

(1) Jean Lévesque de la Cassière, né en Auvergne en 1502, élu grand maitre de l'ordre de Malte le 27 janvier 1572, mort à Rome en 1580.

(2) Le 1er novembre de la même année (ibid., p. 227), François de Noailles écrit au cardinal de Rambouillet : « Monseigneur, si vous avez demeuré longtemps a avoir de mes lettres ce a esté pour ce que j'ay esté presque tousiours depuis a mon evesché pour amender en partie mes faultes passées et pour ce que c'est le bout du monde je n'ay pas eu grand moyen d'escripre, encore moins de subiect, si je n'eusse volu vous conter l'histoire tragique des miseres de nostre Guienne. » Suivent quelques détails qui sont à peu près les mêmes que ceux qui sont fournis ici au grand maitre de l'ordre de Malte.

(3) A la date du 5 novembre 1579, on trouve (ibidem, p. 228), trois lettres presque semblables, toutes les trois écrites par l'évêque de Dax à MM. les cardinaux d'Este, de Pellevé et de Rambouillet. Voici de cette circulaire la plus importante partie : «Il

XXII

A CATHERINE DE MÉDICIS.

Ibidem, p. 191. (Copie.)

17 décembre 1579.

Madame me tenant asseuré que Vostre Magesté n'a oblié la promesse qu'il luy pleut me faire en ceste ville de Bourdeaulx de procurer envers le roy que Monsieur de Lisle mon frere et moy feussions bien tost recompansez des services que le feu sieur de Noailles nostre frere ayné luy et moy avons faict à ceste coronne despuis trente anz en ça en plusieurs longues et labourieuses legations (1) je ne me serviray d'autre argument pour vous ramantevoir ladicte promesse que de vostre seulle bonté et de la cognoissance que Vostre Magesté seulle a de noz merites car il n'y a plus personne prez du Roy qui nous cognoisse que vous Madame qui nous avez faict employer ayanz tousiours la grace a Dieu servy non moingz heureusement que fidellement soubz voz commandemenz. Mondict frere s'est allé randre aux pieds du Roy et vostres pour tesmoigner à Voz Magestez que luy et moy n'esperonz rien que de vostre bonne grace de laquelle nous recognoissons et voulons rappor-

y a trois jours que je vous ay escript par le jeune Noailles mon nepveu qui s'en est allé à Padoue pour estudier. Despuis j'ay eu lettres de Rome par lesquelles m'avertit que les résignations que feu M. le doyen de Nantes avait faictes au profict de ses neveux et miens ont été retenues par l'authorité et faveur de M. le datere combien que les provisions eussent esté envoyées long temps avant sa mort et les signatures expédiées (signées de nostre Sainct Père), et pour ce que c'est chose grandement prejudiciable à la puissance de Sa Saincteté et à la confidance que toutes les nations subgettes et devotes au Sainct Siége apostolique doibvent prendre des expéditions de la court de Rome, je n'ay volu falir Monsieur de vous en adresser ma plaincte comme au seigneur de ce monde auquel j'ay le plus de fiance et d'obligation, m'assurant que vous ne trouverez ma très humble priére importune puisque c'est pour mes propres nepveux et que je vous puis librement assurer que s'ils estoient fraudez de ce bien là leur maison seroit ruinée et ces pauvres enfants auroient faulte de pain pour leur vie qui me faict vous supplier très humblement de vouloir prendre, s'il vous plaict, leur protection.» La lettre au cardinal d'Este diffère des deux autres par l'exorde seulement : « Je n'ay eu cet honneur de vous voir despuis l'heure et le jour qu'il pleut au feu roy Charles de glorieuse mémoire me commander et contraindre en vostre presence d'accepter la charge de Levant à quoy je n'ay poinct de regret puisque Dieu a tant bény et bien heuré mes labeurs que les plus grands princes et potentats de la chrétienté en ont eu occasion d'en remercier le roi, et singulierement nostre Sainct Pere, etc.»

(1) François de Noailles se trompe ici de quatre années. Les légations des trois frères ne commencèrent qu'en 1553 par l'envoi d'Antoine de Noailles en Angleterre. Une rigoureuse exactitude voudrait donc que les trente ans dont parle l'évêque de Dax fussent remplacés par vingt-six ans.

ter pour l'advenir tout ce que nous aurons jamais de fortune ainsin que vous dira plus au long M. le Lieur et cepandant prie Dieu

Madame accroistre vostre grandeur en toute prosperité et longue vye.

De Bourdeaulx ce xvij décembre 1579.

XXIII

A LA MÊME.

p. 192. (Copie.)

20 décembre 1579.

Madame

Il n'y a que trois jours que j'ay escript a Vostre Magesté par M. le Lieur l'ung des maistres de la chambre des comptes de Paris. J'ay baillé cele cy a M. de la Hilliere gouverneur de Bayone par lequel elle entendra ce qui se passe en ce pais ou encores que je n'aye aulcune charge, si scay je que icy et ailleurs je suis tousiours non—seullement chargé mais aussi tres obligé de bien faire et singullierement, en ce qui touche le service du Roy et vostre à quoy mes petitz moyenz manqueront plus tost à ce que je desire que ne faira ma fidellité à ce qu'elle vous doibt ainsin qu'elle entendra si luy plaict tant par le dict sieur de la Hilliere que par Monsieur de Lisle mon frere à qui j'en escriptz quelque mot, parce je n'allongeray ma lettre que pour prier Dieu

Madame d'accroistre votre grandeur en toute prosperité et santé.

De Bourdeaulx ce xxme decembre 1579.

XXIV

A LA MÊME.

41 juin 1580.

(Brouillon autographe.)

Ibid., p. 194.

Madame,

Il y a plus de six moys que j'escripvis à Vostre Mageste tant par M. Le Lieur l'ung des maistres de la chambre des comptes de Paris que par le sieur de La Hilliere, gouverneur de Bayonne, et ce pour luy representer ce que je prevoiois des lors que les remuemens et mutations depuis intervenues en cete miserable Guyenne, ou pour cete occasion je disois vostre retour estre tellement necessaire pour le bien des affaires du Roy et de tout l'Estat que sans icelluy je tenois pour tout assuré que les miseres ausquelles nous sommes retumbez estoient inévitables comme il est advenu. Madame, les choses sont à cete heure fort mal, mais si Vostre Majesté n'y revient (et bien tost) tout empirera de telle sorte qu'on n'y pourra plus pourveoir ne par la guerre ne par la paix; on ne parle de tous costez que de faire ligues associations et confrairies qui est tout en ung mot se distraire de l'obeyssance de son roy. Cela ne provient que de désespoir. Il ne fault rien moincz que vostre présence et prudance pour y remédier, maiz il ne faut pas tarder. Je sçay bien ce que je ditz Madame et si sçay aussi que je vous doibz cet advertissement avec toute fidellité et très humble service, dont je ne me despartiray jamais sans alleguer comme font plusieurs autres ce que je pourrois dire plus véritablement qu'eux, que les labeurs de mes freres et miens ont esté très mal recognuz et recompensés. Il n'est pas temps, Madame, de s'en plaindre. Je vis encore Dieu mercy et pour me remantevoir et pour vous servir en aussi oportune occasion que je ficz oncques d'aussi bon cœur que je prie Dieu

Madame, d'accroistre Vostre Grandeur en toute prospérité et santé.

De Bourdeaux, ce xxie juin 1580.

Madame, il se joue de terribles farces par le monde, et si on les veult tousiours contempler d'aussi loing et en telle patience qu'on a faict depuis vostre partement d'icy je craincz que le mal se randra incurable.

XXV

A M. DE VILLEROY.

21 août 1580.

Ibid., p. 230.

Monsieur,

Le xxi juin j'escripvis à la regne mère du roy par M. de La Motte Godin dont il me rapporta la response qui est tres saige aussi est elle de vostre creu. Toutesfois mon opinion n'en est changée; non que je ne demeure très satisfaict des intentions de Sa Majesté, mais je voy (et de près) que les occasions s'empirent si fort que si l'on ne haste le remède (lequel conciste entièrement et uniquement en la venue de Leurs Majestés par deça ou quoy que ce soit de la reyne mere ou de Monseigneur son filz, bien résolu en leurs voluntés) vous ne fairez chose qui vaille ne pour la guerre ne pour la paix sinon pour jouher à reffaire bientost et si il y a bien pis c'est que je voy une nuée qui nous menasse d'une telle distraction du peuple (et singulierement des villes) qu'on ne vouldra plus souffrir ni l'un ni l'aultre. Toutes choses vont trop froidement au gré des interessez. Si c'est pour la paix, le mal les presse trop pour l'attendre avec la patience que l'on desire. Si c'est pour la guerre, chascun la veult tirer à sa porte pour se venger, et ceulx qu'on ne peut contenter (qui sont infinis) prenent party à quoy ils sont convyez et sollicitez par l'argument *ab utili et de presenti* et sur cela il n'est aulcunes nouvelles du roy et m'a on asseuré qu'on faira bien sanz luy. Si on leur laisse taster de cete theriaque il est à craindre quilz s'y vouldront accoustumer. Quant aux pretanduz on leur souffle à toute heure aux oreilles par la sarbacane de Genefve et de leurs voisins quils ne facent plus le roy de Navarre arbitre de la cause et mesmes à mectre et nommer les gouverneurs aux places conquises, parce qu'ils se deffient de luy et des intelligences (quils disent) quil a avecques Monsieur. Quant aux nostres, ils sont encore plus umbrageux et il y a des genz si malheureux qui les veullent persuader qu'on ne . . . . (1) de tout ce que le roy de Navarre pouroit acquérir en cete Guyenne. Telles inductions coullent facillement dans les espriz légiers des ungs et des aultres d'autant que la defflance (qui est ung mal commun) fortifie les plus foibles arguments qu'on leur sçauroit faire de sorte quils ne comptent plus que sur les ouvertures qu'on leur propose de pouvoir vivre les ungs avec les aultres par une façon de gouvernement qui ne deppende plus de l'auctorité absolue du prince fors seullement de gré à gré et *tantum quantum*, comme les villes franches de l'empire lesquelles l'empereur ne tient rien qu'en don.... Vous concluerez s'il vous plaict Monsieur que soit pour la paix ou pour la guerre, il fault que le conseil, la prudence, les moyens, les hommes (ou pour dire tout en ung mot) tous les ferremens qui sont necessaires à forger l'un et l'aultre viegnent d'ailleurs que d'icy *quia non sunt*. Le papier ne me permet de vous en pouvoir dire davantaige..... (2)

De Bourdeaux, ce XXI aoust 1580.

(1) Il y a là un mot qu'à travers le nuage blanchâtre formé par l'encre presqu'effacée, il m'a été impossible de lire et même de deviner. Trop souvent, comme ici, l'écriture de l'évêque de Dax ressemble à celle qui a rendu proverbiale l'illisibilité des Grimoires.

(2) Le papier permet pourtant encore à François de Noailles de parler assez longuement des lettres de conseiller d'État et privé qui lui donnent place et voix délibérative dans le parlement de Bordeaux, et qui ne lui paraissent pas suffisantes, car

XXVI

A MONSIEUR FRÈRE DU ROI (1).

Ibidem, p. 196.

(Copie.)

21 octobre 1580.

Monseigneur

Cete cy ne sera que pour asseurer Vostre Altesse que je vicz encores
dieu mercy et en bonne voulonté de luy faire ung bon service quant
ses commandemenz s'offriront avec l'occasion. Cepandant je prieray
Dieu luy faire la grace de si bien et si seurement ediffier le fondement
de sa grandeur (qui est la paix de ce royaulme) que le Roy en reçoive
contantement, vous Monseigneur la gloire, et les subiectz vous en
ayent immortelle obligation car moyennant cella Vostre Altesse se
peult asseurer que tout ainsin que la lumiere non moins de ses vertus
et bonté que de sa plus que royalle extraction le font appeller en la
Gaule belgique, la continuation aussi d'icelles le fera desirer aux
plus grands estatz, et singullierement en Itallie ou chascun attand quel
succes prandra la guerre de Flandres pour se prevalloir de vostre ge-
nereuse dommination et conduicte à faire semblable mutation, sur
quoy je prieray Dieu

Monseigneur, la vouloir combler de toute prospérité selon la mesure
de ses merites et de mon desir.

A Bourdeaulx, ce xxj^{me} octobre 1580.

Il « s'attend bien à ce que ses fidèles longs et heureux services lui méritent les
» droits, honneurs, profits et gages de conseiller d'Etat, sans que l'on ait égard à la
» réformation ou cassation des plus vieux. » L'évèque de Dax, en d'autres termes,
ne voulait pas qu'on lui appliquât le décret en vertu duquel, de nos jours, les magistrats qui ont atteint l'âge de 70 ans sont mis à la retraite.

(1) François, duc d'Alençon, puis d'Anjou, frère des rois François II, Charles IX
et Henri III. Au moment où François de Noailles lui adressait cette lettre, Monsieur
venait d'être chargé par la Cour de négocier en Guyenne la paix avec les Huguenots.
Les Etats de Hollande, après avoir déclaré Philippe II déchu de la souveraineté des
Pays-Bas, avaient offert cette souveraineté au plus jeune des fils de Catherine de
Médicis. Malheureusement, ce prince n'était point à la hauteur de la belle, mais dif-
ficile situation qui lui était ainsi faite. L'âpre d'Aubigné a dit avec raison, dans ses
Tragiques, au sujet de la pitoyable faiblesse de son caractere :

Et ce cerveau venteux est le jouet du vent.

Le Béarnais, de son côté, l'appelait « un cœur double, un esprit malin et tourné
comme son corps mal bâti. »

XXVII.

A CATHERINE DE MÉDICIS.

Ibidem, p. 197.

(Copie.)

7 novembre 1580.

Madame

Sur le bruict qui a couru ces jours passés que la ville de la Reolle seroit remise entre les mains des pretanduz (1) les habitenz d'icelle entrarent en tel desespoir que sans le conseil que Monsieur de Dussat (2) et moy leur avons donné d'envoyer vers voz majestés pour leur remonstrer la désolation qui en pourroit advenir, ilz estoient en dangier de tumber en une si barbare résolution que de brusler leurs maisons d'aultant quil n'y a espèce de revaulte au monde qu'ilz craignent tant que de rechoir soubz la tirannie, de laquelle ilz sont na guieres eschappez, et ni a esté la cause que nous leur avons promis d'en escrire à voz Majestés et les supplier très humblement de considérer s'il leur plaict que lorsqu'elle leur fut laissée pour leur seurté de six années contenues en l'edict de pacification, ilz la tenoient, par ainsin il n'est toit pas difficille de leur réserver, ce que l'on ne leur pouvoit plus oster que par force, or voz Majestés sçavent que l'ayant les habitanz catholicques reprinse (3) il y a deux ans (et ce durant la paix et que plus est vous estant en ce pais pour traicter de l'establissement dudit edict) quelle difficulté et longue resistance il y eut pour la ravoir et remettre entre leurs mains. Encore falut-il que ce fut soubz ung autre

(1) C'est-à-dire des prétendus réformés.

(2) M. de Dussat est cet ancien capitaine huguenot auquel le roi de Navarre avait confié la garde de La Réole et qui, séduit, malgré son grand âge, par les charmes d'une des filles d'honneur de Catherine de Médicis, mademoiselle d'Albi (Anne d'Aquaviva), livra, en 1578, la ville aux catholiques. Voir, sur cet incident, l'*Histoire universelle* de d'Aubigné et les *OEconomies royales* de Sully. Ces deux auteurs donnent le nom de d'Ussac à l'infidèle gouverneur de La Réole. Sully a soin de remarquer que l'on tenait Ussac «pour un des piliers de l'église huguenotte, estant des plus authorisez dans les consistoires, et accreditez dans les assemblées.» Par représailles, le roi de Navarre s'empara aussitôt de Fleurance. Quand Catherine de Médicis sut que son gendre, qu'elle croyait avoir couché à Auch, avait pendant la nuit pris une ville catholique, elle se contenta de dire, en riant : Je vois bien que c'est la revanche de La Réole, et que le roi de Navarre a voulu faire chou pour chou; mais le mien est mieux pommé.

(3) Ce passage de la lettre de François de Noailles donnerait raison à l'opinion qui veut, contre le témoignage de d'Aubigné et de Sully, que La Réole ait été surprise par huit catholiques déterminés, commandés par le capitaine Perrinet, qui s'introduisirent d'abord dans le château, et ensuite, secondés par les habitants, s'emparèrent de la ville. Voir, à ce sujet, une chronique locale citée par M. Michel Dupin, *Notice historique de La Réole.*

chef que le cappitaine Favas, et si Vostre Majesté n'eust esté au pais il n'en fut pas si bien advenu. Voyez doncq Madame comme estant la dicte ville à cete heure soubz l'obeissance du Roy laquelle ses bonz subiectz catholicques ont reprinse au péril de leurs vies durant la guerre (guerre dis-je commencee par ceulx du party contre) si ces gens de bien qui se sont tousiours monstrés tres fidelles et tres obeissans au service de voz Majestés pourroient comporter d'estre chassés de leur patrie pour la quicter a leurs ennemis, car veritablement Madame il est impossible de les retenir dans la dicte ville si le sieur de d'Ussat en est osté, comme aussi il n'est pas croiable qu'ilz la veuillent ravoir soubz son gouvernement. Toutesfois l'on s'asseure bien que le Roy ne permettra jamais qu'il en soit despossedé tant pour ce que si est tres dignement comporté pour leur regard, que pour aultant que sa vie (hors de là) ne sera jamais en seurté, qui seroit chose de très mauvais exemple pour luy avoir faict ung des plus remarquables et utilles services de toute cette guerre. Madame, je ne parleray de l'interests publicque des villes de Bordeaulx et Thoulouze pour la liberté du trafficq de la riviere qui est leur mere nourrice car cela est assez cogneu. Je ne diray rien aussi du mien qui n'est pas petit veu que cet la mellieure part de mon bien lequel j'ay acquiz avec beaucoup de peyne et de péril par ainsin ce seroit ung aussi mauvais expediant pour rediffier mon eglise et autres qui ont esté ruynées de fondz en comble dans ladicte ville (ainsin que Vostre Majesté a peu veoir) comme pour rebastir tout le prieuré qui fut demoli a la fin de la precedante guerre et ce qui estoit bruslé par eulx mesmes au commencement de cete cy. Madame voz bons subiectz catholicques ont entierement confié leur cause a vostre bonté et justice et par ce moyen nous avons tant plus volontiers (ledict sieur de Dussat et moy) promis auxdicts habitanz qu'ilz rapporteront de voz Majestés tout contentement qui sera l'endroict ou je prieray Dieu

Madame accroistre le vostre de toutes ses graces et benedictions.

De Bordeaulx, ce vii novembre 1580.

Madame entre touttes les maladies du monde il n'en y a poinct de pires que les rechutes. Vostre Majesté qui a très bonne cognoissance des humeurs de ce pais scait mieulx que tout autre si ces pouvres habitanz ont patiance pour supporter cete troisiesme.

XXVIII

A LA MÊME.

Ibidem, p. 190.

29 novembre 1580.

Madame

Aprés le retour de celluy que les habitants de La Réolle avoient despeché expressement devers le roy et vous, il leur a semblé estre de leur depvoir de déléguer encores ung de leurs juratz devers leurs Majestez leur semblant ne pouvoir jamais assez satisfere à leur fidellité pour se randre de tant plus excusables des inconveniauz qui en pourront advenir que les occasions de leur douleur seront jugées par vostre Majesté trés justes et raisonnables, sur quoy je les ay asseurés qu'ilz ne pourroient plus heureusement adresser leurs plainctes et remonstrances qu'à vous Madame qui avez veu leurs ruynes avecques telle pitié et compassion que chascun la pouvoit lire en vostre visaige. Je n'ay esté à la Reolle depuis l'heure que j'y prins congé de Vostre Majesté. Je ne vicz oncques le sieur de Dussat, ce n'est poinct son interests ny le mien qui me sollicitent à vous en escripre. Je réserve vostre faveur aux occasions auxquelles Vostre Majesté me peult à toute heure bien faire. Cete cause n'est et n'apartient qu'au Roy et a Vous. Aussi les ay je conseillés et asseurés qu'ilz obtiendront par vostre seul moien et faveur toute consollation et que vostre bonté apportera tout repoz à leurz espritz agittez et travaillez de terribles tormantes de l'execution desquelles je prie Dieu les vouloir garder et vous donner

Madame en toute prospérité et santé l'accomplissement de voz desirz.

De Bordeaulx, ce xxix de novembre 1580.

Madame, les pretandus tiennent assez d'autres villes pour leur en laisser une pour leur seureté aussi long temps que la Réolle sera à nous s'il plaict a Voz Majestez.

XXIX

A MONSIEUR, FRÉRE DU ROI.

Ibidem, p. 201.

15 décembre 1580.

Monseigneur

Vostre Altesse recepvra si luy plaict cete cy par le sieur du Haillan qui s'en va vers elle, pour luy randre tres humblement graces de la faveur qu'il vous a pleu luy faire de l'honnorer d'ung estat de maistre d'hostel en vostre maison, et pource qu'il craint que son frere (qui vous en a faict tres humble requeste) vous ayt plus promiz de luy qu'il n'en y a, il se va randre à vos piedz pour vous asseurer que s'il vous a mescompté en ce qu'il a voulu trop largement tesmoigner de sa capacité, les commandemenz de Vostre Altesse ne pourront jamais surmonter la volunté qu'il a d'y randre prompte et très fidelle obéissance. A quoy Monseigneur pour la cognoissance que j'ay de luy depuiz vingt cinq ans, j'adjousteray qu'il ne vous sçauroit si tot promettre son affection que je ne vous garentisse sa suffizance, ce que remettant aux occasions qui s'offriront à toute heure pour vostre service, le surplus sera pour randre graces à Dieu, au Roy et à vous de la conclusion de la paix, à l'exécution de laquelle il ne fault rien moinz que l'assistance divine, l'authorité et force de Sa Majesté et la bonne fortune prudance et infatigable labeur de Vostre Altesse, a laquelle je prie Dieu

Monseigneur vouloir donner tout accroissement de grandeur selon la mesure du desir que j'en ay.

De Bordeaux, ce xve de decembre 1580.

Monseigneur, le succés inexcusable de Beaumont de Lomaigne fera bien juger a Vostre Altesse que l'execution de la paix nest pas ouvraige de deux moys.

XXX

AU MÊME.

Ibidem, p. 202.

4 mars 1581.

Monseigneur

Tout ainsin qu'il y a des choses qui semblent plus grandes et qui font plus de peur de loing que de prez aussi en y a il d'autres plus formidables et difficilles de près que de loing. Tout ce qui a esté dit et representé à Vostre Altesse du faict de la Réolle est de cete nature et quallité. Si que j'ay ung merveilleux regred d'estre venu icy, non pour autre respect que pour l'extreme craincte que j'ay de ne vous pouvoir raporter tout le contentement que vous attandez du très humble service que je vous doibz. Celluy qui dict à Monsieur de Bellievre que les habitanz de cete ville n'andureroient pas la garnison que Vostre Altesse vouloit metre en leur chasteau, a esté desadvoué du publicq mais aussi cellui d'entre eulx qui proposa à moy et à d'autres la démolition d'icellui a esté détesté de tous, et pour ce Monseigneur que je ne fuz jamais de ceulx qui ayment mieulx gaster quelque chose que s'en retourner sanz rien faire, je me suiz resolu d'envoyer Monsieur de Sédies mon nepveu vers Vostre Altesse affin d'estre pourveu selon sa prudance accoustumée et cepandant je prieray Dieu

Monseigneur donner à Vostre Altesse aultant de grandeur que je luy en puiz mesurer par mes desirz.

De la Réolle ce iiiie de mars 1581.

XXXI

AU MÊME.

Ibidem, p. 203.

6 mars 1581.

Monseigneur

Je receuz hier par Monsieur de Sédies mon nepveu la lettre qu'il a pleu à Vostre Altesse m'escripre comme aussi Monsieur de Dussac et les officiers et juratz de cete ville ont receu les leurs toutes lesquelles ne contiennent que la seureté qu'il plaict à Vostre Altesse leur donner et prometre sur les très humbles requestes et remonstrances qu'ilz vous ont presentées et signées et lesquelles vostre bonté et justice leur a intérinées et accordées qui est le seul fondement de leur repoz et conservation hors duquel ils seroient en très grande perturbation d'esprit car ilz n'ont dallieurs que trop d'argumenz et occasionz d'extresme deffiance et ne peuvent aprehander que l'horreur des perilz et fortune qu'ilz courent, mais ilz sçavent aussi que vous estes prince tres veritable qui ne manquez jamais de vostre parolle sur laquelle ilz se sont promptement résolus de se fier et pour cet effect ilz attandoient ce matin à heure de disner le cappitaine Arthon lequel n'ettant venu jusques à cete heure quil en est deux aprez midy le dict sieur de Dussac et les dictz officierz et juratz m'ont prié par le service du roy et le vostre de demeurer icy tout ce jour dont je n'ay voulu les reffuzer comme aussi j'ay jugé d'estre expédiant d'en advertir incontinant Vostre Altesse cepandant je prie Dieu

Monseigneur accroistre votre grandeur en toute prosperité et heureux succez de voz desseingz

De la Réolle ce vi mars 1581.

Monseigneur Vostre Altesse croira s'il lui plaiet qu'il n'y a lieu au monde où je me puisse tant ennuyer que parmy les désolés qui au lieu de rasseurer l'estat de leur misérable ville en craindroient plus que jamais l'altération et empirement au grand dommaige du service du roy sanz la confiance qu'ilz ont en vostre bonté et parolle, sur quoy je prandray la hardiesse de dire qu'à la vérité Sa Majesté et vous y feriez trop grand perte s'il en advenoit autrement pour des raisons que je réserve à Vostre Altesse quand j'auray cet heur d'estre à ses piedz car je voy des umbres non loing d'icy qui me tiennent en eschesq.

XXXII

A MONSIEUR FRÈRE DU ROY,

Ibidem, p. 204.

27 avril 1581.

Monseigneur

La lettre qu'il a pleu a Vostre Suraltesse m'escrire par Monsieur de La Fin ne me scauroit accroistre ny l'obligation ny le desir que j'ay de luy faire très humble et très fidelle service car je luy doibz plus qu'elle ne me sauroit commander et encores plus que je ne saurois faire, mais je confesse qu'elle pourroit adjouster quelque chose au regret que je sentirois (oultre mesure) sy son voyage ne luy rapportoit tout l'heureux succez que ses rares vertus (et singulierement sa dexterité et incredible patience) luy ont long temps a promiz et merité. Sur quoy tout ainsin que je voy que Sa Suraltesse a tres volontiers volu charger sa fortune des inconvenientz et tempestes dont ce royaulme est menassé pour les aller espier en Flandres, jusques à y offrir le sacrifice de sa propre personne et l'exposer au salut de cest estat, je prie Dieu aussy luy faire la grace de pouvoir dire dans peu de jours en la Gaule Belgique (et avec aultant de fellicité que de gloire) ce que j'espère qu'elle pourra dire de l'Aquitanique : *Veni, vidi, vici.* Allez doncq, Monseigneur, au nom de Dieu qui soit vostre garde vostre escorte vostre conseil et le dieu de voz armees, sans l'ayde duquel tous ceulx qui entreprennent ne rencontrent jamais que malheur. Reglez sur luy et sur l'extreme necessité de ce royaulme touz voz desseingz (1).

(1) Il me semble que tout ce passage est singulièrement beau et eloquent. On regrette seulement que d'aussi nobles paroles aient été adressées à un prince si peu digne de les entendre.

Faictes que la faveur du ciel soit assistee et conjoincte avec celle de la terre, c'est à dire de la bonne grace du roy, et la prudence de la royne vostre mere. Sa Magesté doibt (ce me semble) desirer et procurer vostre grandeur puisqu'elle ne peult servir (en noz jours) que pour apuyer et fortiffier la sienne, si cependant il y a rien à considerer pour l'advenir : ce sont lettres closes qui ne seront veues que de ceulx qui nous suyvront de bien loing. Le malheur de ce tempz et le péril de cest estat doibt en presser et resouldre le roy de pourvoir à ce qui est présent sans regarder derriere et contempler les umbres, dont il fault laisser et le soing et la peur à la postérité. Croyez, Monseigneur, que si l'empereur Charles, et le roy Philippes son filz eussent heu si beau jeu à jouer, ilz n'eussent ny laissé ny remiz la partie. Voyez la cinquiesme foyz despuiz quarante anz que nous avonz esté tantez et pressez de reunir les paiz baz à la couronne de France comme son antien patrimoine, ou bien les remectre en mainz de feu Monseigneur d'Orléans vostre oncle ou les vostres, mais aussy je confesse qu'il ne s'en presenta jamais occasion ou la facilité de l'entreprinse, et la commune nécessité du roy (du royaulme) et la vostre y ayent apporté tant d'obligation. Dieu doncq vous veulle conduire en Flandres pour détourner et porter dehorz tout l'orage que nouz craignonz dedans et lequel indubitablement tumbera sur ceste miserable France sy vostre heureux destin ne le divertist ailheurz. Faictes nous par ce moyen jouyr longuement de la paix que vouz avez contractée en ceste Guienne laquelle Sa Majesté vous a donnée pour servir à vostre avancement à la charge qu'aprez avoir embarqué par vostre presence la conqueste des payz baz vous puissiez jecter les yeulx verz nouz pour vouz opposer promptement et par effect remarquable à ceux qui vouldroient troubler nostre repoz et remectre en ce payz la plaignerie, rebellion et desobeissance qu'on a exercée despuiz dix ans au grand scandalle et vergoigne de la nation françoise qui avoit esté tousiours très fidelle et loyalle à son roy et souverain seigneur.

Monseigneur, je prie Dieu prospérer et bényr voz paz par l'accroyssement de ses sainctes grâces.

De Bourdeaulx ce XXVIIme jour d'avril 1581.

Monseigneur, pendant que vous serez en Flandres tout ce que je pourray pour le service de vostre suraltesse sera de faire comme fai-

soient Moïse et Aaron pendant que le peuple de Dieu combatoit qui
est de lever les mainz au ciel pour vostre victoire (1).

XXXIII

AU ROI HENRI III.

Ibidem, p. 206.

20 mai 1581.

Sire,

J'ay tousiours estimé que le service que je faisois à Vostre Majesté
par deça, vous seroit tesmoigné tant par Monseigneur vostre frere que
par Monsieur le mareschal de Biron. Voîla pourquoy j'ay mieulx aimé
continuer mon depvoir par effectz que par lettres, dont je ne vous eusse
encores importuné sanz l'occasion qui m'en presse laquelle oultre
l'obligation commune de tous voz subiectz, m'est tant plus chere et
recommandée que je suis venu pour l'honneur que j'ay d'estre évêque
d'Acqs et pour le lieu qu'il luy a pleu me faire tenir en son conseil de
luy en randre particullierement compte de sorte que j'estimerois avoir
grandement forfaict et à mon honneur et à ma conscience, si je ne tenois Vostre Majesté advertye d'ung inconveniant que je crainz grandement et estime inévitable s'il n'y est promptement pourveu par vostre
prudance.

Sire ung nommé Fortiz de La Vie natif de Béarn, a esté six ans entiers lieutenant general et president au siege roial de la seneschaussée
des Lannes estably à Dacqs, où il s'est tres bien acquicté de cete
charge, et vouz puiz tesmoigner qu'il estoit très necessaire qu'ung
personnaige de sa capacité et suffizance fut chef en ce siège la, pour
manier et tempérer les humeurs d'une compagnie qui estoit fort des-
roustée, à quoy il s'est tellement porté non seullemant en l'administration de la justice, mais aussi en la conservation de vostre ville d'Acqs
(laquelle n'est jamais sans péril) qu'il a faict tout ce qui se pouvoit
esperer pour le bien de vostre service, du plus fidelle de tous voz
subiectz de sa quallité, dont je puiz randre bon compte à Vostre Majesté, car je l'ay veu et lorsqu'il estoit besoing, de sorte que s'il m'eut
voulu croire il ne se fut jamais desparty d'avecques nous, ou pour le

(1) Le xvie siècle n'a guère, ce me semble, de lettres qui, soit pour l'excellence
du style, soit pour la hauteur de vues, puissent être mises à côté de celle-là.

moinz jusques à ce que nous eussions veu une paix bien asseurée en ce paiz, car je l'y ai fort souvant exorté depuiz. Or sire il est advenu que sur l'éviction qu'il vous a pleu fere de la chambre des requestes en ce parlemant, ledict de La Vie a esté pourveu d'ung office de presidant en icelle, je l'ay instament prié de mectre celluy qu'il avoit de lieutenant general de Acqs entre les mains d'homme capable de cete charge et surtout propre pour manier les bizarres humeurs de la dicte ville et tenir la main (comme il avoit tousiours faict) qu'il n'y advint rien au préjudice de vostre service ce que non seullement il me promict, mais davantaige il m'asseura qu'il ne se resigneroit jamais au lieuctenant particulier dudict lieu nommé M. Balthazar de Lalanne. Sur quoy il me dict luy mesmes sçavoir tres bien qu'il estoit homme, ignorant, insolant, et odieux à la noblesse (1), et de tout cela nous fusmes d'accord car je le sçavoiz comme luy, mais il m'aprint ung autre poinct davantaige, c'est qu'il y avoit des informationz en cete ville contenant les concussions qu'il avoit faict en la justice et à cela je luy adjoustay et representay une considération qu'il falloit grandemant peser en ce tamps icy pour la conservation de vostre ville et la seureté de tout le paiz, c'est qu'il y avoit en ladicte ville deux factions, chacune avoit son chef; que le dict de Lalanne estoit chef de l'une et le cappitaine Borda, maire de ladicte ville, estoit chef de l'autre; qu'entre les dictes factions s'estoient passées plusieurs querelles et griefves offances, à la reconciliation desquelles ne se falloit aucunemant fier pour le bien de vostre dicte ville, car le sang en estoit sorti et la plaie saignoit encores, d'aultant que ledict cappitaine Borda avoit esté blessé au bras et à la main dont il est estropié par ung des plus proches paranz dudict de La Lanne d'ung coup de petrunal, ce que aucunz des principaulx de vostre court de parlemant de cete ville savent tres bien, car ilz furent sur le lieu pour estaindre ce feu lequel sire j'ay veu depuiz souvant prest à se rallumer, comme il faira inévitablement si le dict de Lalanne entre en l'office de lieutenant général, car je cognois l'homme et sçay qu'encores qu'il soit catholicque et au demeurant bien zellé à la conservation de ladicte ville soubz vostre obeissance néant-

(1) Tous les membres de la famille de Noailles semblent avoir juré de barrer à ce Lalanne le chemin des honneurs. De la véhémente lettre de l'évêque de Dax, je rapprocherai un ardent passage d'une lettre écrite, quelques années plus tard (12 octobre 1585), par le neveu du prélat, Henri de Noailles, au sieur Bedoult, son procureur, passage dans lequel il est dit que c'est chose nécessaire de s'opposer aux méchancetés de l'artificieux Lalanne qui se voulait faire recevoir lieutenant général à Dax, qu'il faut obtenir des lettres patentes bien amples pour faire interdire ce poltron, et, s'il en est besoin, écrire à cet effet au roi, à la reine sa mère, à M. de Joyeuse, à M. le maréchal de Biron, à MM. de Lanssac et de Villeroy, etc.

moins il n'a cervelle ny antandemant pour ramplir ce lieu la, ni pour se contenir en la modestie requize en telle charge, affin de n'esmouvoir et altérer la faction contraire. Sire sur les promesses et discours qui se passarent entre ledict de La Vie et moy tant à mon logiz qu'au sien, je partiz de cete ville pour aller audit Acqs faire une partie de mon debvoir, ce que j'avois communiqué le jour avant à Monsieur de Bellièvre qui en fut aussi d'advis pour voir en quel estat estoient des choses appartenanz à vostre service tant audict lieu qu'à Bayonne, et m'en y allay aussi en intantion de procurer qu'ung advocat de ladicte ville qui est de la relligion prétandue refformée et neantmoings l'un des plus cappables hommes qui soit en cete Guyenne, se voulut faire catholicque pour prandre ledict estat de lieutenant général, chose que ledict de La Vie me fit paroistre de désirer grandemant, non seullemant dans cete heure la, mais il y avoit plus de deux heures et demy que luy et moy en avions parlé et suyvant son opinion j'avoiz desia beaucoup travaillé à le réduire, ce que finallemant il m'avoit accordé en ce mien dernier voiage et l'avoit luy mesme escript et signé audict de La Vie, luy mandant qu'il estoit entieremant résolu de croire mon conseil et pour cete occasion luy despechames homme exprés, lequel arriva vers luy dans le dixiesme jour de mon partemant. Toutesfoys il nous respondict qu'il s'estoit desia laissé aller à la sollicitation et importunité d'aucunz de cete court qui l'avoient obligé de parolle de bailler son office audict La Lanne, ce que je trouvay bien estrange non seullement pour n'avoir voulu attandre ce que je pourrois negotier avec ledict advocat d'Acqs puisque c'estoit chose tant désirée de luy et de moy, mais aussi pour aultant qu'il m'avoit promiz résolument que quoy qu'il advint de son dict office il ne le bailleroit jamais audict de La Lanne.

Voylà, sire, la vraie histoire de ce qui s'est passé entre ledict de La Vie et moy pour cet affaire, lequel j'estime de telle importance que s'il demoure ainsi je prévoiz de grandz remuemanz en vostre ville d'Acqs car le cappitaine Borda maire d'icelle a désia envoyé procurer pour s'opposer à sa réception. La mellieure part de la noblesse en faira de mesmes, vostre senneschal des Lannes et ceulx qui le cognoissent pour tel qu'il est depainct en cete cy. Quant à moy, sire, je proteste que je n'euz oncques procez, débat, ni diferant quelconque avecques luy, et que ce que j'en ditz n'est que pour le bien de vostre service et m'acquiter de mon depvoir et tiens pour chose certaine que si ledict La Lanne entre en ceste charge (oultre que ses mœurs seront d'insupportable soulte à voz subiectz) vostre ville d'Acqs courra une grande for-

tune à cause du desespoir qui en prandra la faction contraire, et pour
ce que je scay, sire, que vostre singulliere prudance y scaura trez bien
pourvoir. Le surplus de cete cy ne sera que pour prier Dieu

Sire, vouloir donner à Vostre Majesté tout accroissement de grandeur et prosperite.

De Bourdeaux, ce xxx may 1581 (1).

Sire Monsieur de Lagebaston (2) vostre premier président en cete
cour vous remoustre dignemant sur cet affere ce qui convient à sa
profession, moy bien franchement ce qui doibt partir de mon zelle.
Je ne ditz pas que je n'aie interest aux inconvenianz qui pourraient
advenir en vostre ville d'Acqs mais Vostre Majesté scait bien que mon
maistre y feroit plus grand perte que moy.

(1) Le même jour, François de Noailles écrivit à M. de Chiverny (ibidem, p. 232),
au sujet de je ne sais quelle affaire qui paraît avoir été aussi importante que mysté-
rieuse. Je reproduis le *post scriptum* relatif aux conversions opérées par l'évêque de
Dax : «Monsieur, pour ung peuvre prebstre comme moy je cuidois avoir gaigné une
grande battaille d'avoir converty cet advocat d'Acqs à la religion catholicque car c'est
le plus riche homme et de biens et suffizance non seullement dudit Acqs mais de
beaucoup plus loing, et si pansois par son exemple reduire tous les aultres de la
dicte religion pretandue reformée, ce qui me sembloit de tant plus facile que je
me souviens que l'an 67 que je fus premierament en chärge il y avoit plus de cent
maisons de la dicte religion et a présent n'en y a pas une donzaine dieu mercy.» A
la page 233 on trouve une autre lettre à M. de Chiverny (juin 1581). Là encore,
François de Noailles proteste avec chaleur contre le choix que l'en pourrait faire,
pour remplir l'office de lieutenant général de Dax, du sieur Lalanne, homme indigne
de cette charge, contre lequel tous les gens de bien s'élèvent, et, entre autres, le
maire de Dax, qui a formé opposition pour faire déposer cet individu accusé au civil
et au criminel. Je lis dans cette même lettre : «Vous entendrez par M. de Belliesvre
» la longue et laborieuse sollicitation que j'ay faicte en Guyenne envers le roi de
» Navarre pour remettre la religion catholique en ce qui est de mon diocèse au pays
» de Béarn et pour estre restitué au revenu dont mon chapitre et moi avions accous-
» tumé de jouir dans le dict pais et duquel nous avons esté despouillés despuis douze
» ans.» A la page 206 est un *Discours fait par Fr. de Noailles, evesque d'Acqs, et
par luy envoyé à la royne de Navarre pour estre lu par le roy son mary et par
tout son conseil.* Ce discours est dirigé contre l'intolerance qui règne en Navarre.
«L'on peult juger, dit le sage prélat, que ceulx qui conseillent le dict sieur roy de
Navarre de continuer le reglement que la royne sa mère y a miz ne pourroient
mieulx servir sesdicts ennemis car c'est jouer leur jeu.» Fr. de Noailles veut que
Henri soit religieux, mais non superstitieux. Il demande que les catholiques jouissent en Béarn des mêmes droits que les protestants. Il déclare que Henri, ayant toujours combattu pour la liberté des consciences en France, il n'y a rien au monde qui
lui permette de l'empêcher en son pays.
(2) Jacques-Benoist de Lagebaston, dont le président de Thou a fait un si bel
éloge.

XXXIV

A CATHERINE DE MEDICIS.

Ibidem, p. 210.

29 aoust 1582.

Madame,

Je receuz hier seullement celle qu'il a pleu a Vostre Majesté m'escripre le xviii de ce mois sur l'advertissement qu'on luy avoit donné que j'avois eu une lettre du cappitaine Borda. Je la supplie très humblement croire que si j'eusse appriuz aucune bonne nouvelle de Monsieur Destrossi (1) tant par ledit Borda que autre, je n'eusse oblié incontinant de la metre entre les mains de Monsieur le Mareschal de Matignon qui n'eut falli de la veus envoier en l'heure mesmes par courrier exprès. Madame, Vostre Majesté croira s'il luy plaiet que le roy et vous n'avez serviteur qui ait senty plus de dolleur de ce qu'on escript de ce combat que moy, lequel toutesfois je n'estime tel qu'on le faict, puiz qu'on n'en a nouvelle que par ceulx qui n'en ont veu la fin et veulx esperer avec l'aide de dieu que l'advantaige que les espaignolz en ont rapporté consistera plus en fumée et aparance (hors la detantion de la personne dudict sieur Destrossi) qu'en effect, pourveu qu'on secoure ceulx qui sont aux isles de la Terciere et de Saint Michel comme je m'asseure que Vostre Majesté vouldra fere et bien tost. A quoy ledict sieur Mareschal ne perd ny heure ny temps pour y disposer ses affaires, la prosperité desquelz despand entierement et uniquement de la résolution du roy et de l'union de ceulx

(1) Philippe Strozzi, fils de ce Pierre Strozzi qui mérita si bien le bâton de maréchal de France et que Blaise de Monluc et Michel de Montaigne ont comblé d'éloges, et petit-fils de ce Philippe Strozzi qui épousa Clarisse de Médicis, sœur de Laurent II, et qui eut une si grande part aux révolutions de Florence. Le roi de Portugal, Antonio, chassé de son trône, s'était réfugié en France et avait réclamé la protection de Henri III. Pour soutenir ses droits, une flotte portant une armée de 6,000 hommes fut mise sous les ordres de Philippe Strozzi. Cette flotte rencontra la flotte espagnole près des Açores, le 26 juillet 1582. « En son combat naval, il fut très mal assisté, » dit Branthôme (des couronnels françois. VI. M. de Strozze), qui ajoute: « Lorsqu'il vit venir à soy l'armée que conduisoit le marquis de Saincte-Croix, il eut telle envie d'aller à luy qu'estant son navire lourd et mauvais voilier il s'en osta et se mit dans un vaisseau plus léger et sans autrement temporiser, vint cramponner l'admiral, et combattirent main à main longuement. Mais, estant blessé d'une grande mousquetade à la cuisse, et assez près du genouil, ses gens s'en effrayèrent, et se mirent à ne plus rendre de combat ; si bien que l'Espaignol entra dedans fort ayseement, et s'estant saisi de luy, le menèrent au marquis de Saincte-Croix qui, l'ayant veu en si piteux estat, dit qu'il ne feroit qu'empescher et ensallir le navire, et qu'on le parachevast : ce qu'on fit en luy donnant deux coups de dague et le jetterent à la mer. » L'histoire a-t-elle assez d'anathèmes pour l'infâme cruauté de l'amiral espagnol ?

qui sont venuz à vous, et ne peult on esperer (Madame) que les forces qu'on dresse par entreprinses séparées fort esloignees l'une de l'autre puissent avoir aussi prospère succez, que celles qui sont conjoinctes et conduictes par commune intelligence, à quoy j'adjousteray soubz le bon congé de voz majestés quil ne se fault pas attendre que le roy d'Espaigne perde jamais l'oportunité que lui apportera nostre division quant ores elle seroit plaine de prudance et de religion.

Madame je prie Dieu vouloir accroistre Vostre Majesté en tout heur felicité (1).

De Bordeaux, ce xxixe d'aoust 1582.

Madame touz vos bons serviteurs de par deça se prometent tant de vostre prudence et magnanimité que ce qui est advenu ne servira que d'affermir et fonder plus solidement ce qui n'a esté dieu mercy qu'ung peu esbranlé (2).

XXXV

A LA REINE DE NAVARRE

Ibidem, p. 212.

9 avril 1583.

Madame

J'escrivis a Vostre Majesté par le sieur de Brach (3) le xvij febvrier mais c'estoit seulemant pour l'asseurer que je vivois encores la grace

(1) Au dos de cette lettre, on a copié la réponse de Catherine de-Médicis, écrite à Saint-Maur les Fosses, le 5 septembre 1582. La reine dit à l'évêque de Dax que sa lettre lui a été bien agréable et qu'elle partage ses espérances; que, lors de la perte de son cousin, le sieur de Strossi, perte qu'elle regrette infiniment, les Espagnols n'ont tiré de ce combat aucun avantage sur nous, et qu'ils ne s'en glorifient qu'*entre les dents.*

(2) Le 14 février 1583, François de Noailles adressait de Bordeaux (p. 235) ces quelques mots à Villeroy : « Monsieur je vous fais cete segonde lettre pour vous dire que si M. le mareschal de Matignon est creu de ce qu'il demande au roy par cete depesche la bonne volonté du roy de Navarre n'en amendera pas et l'estat de cette province encores moins. Je volois ce me semble les affaires en bons termes et en train d'aller mieulx par sa prudante et patiante conduicte à quoy neantmoings je crains que le change ne soit fort perilleux. Le zelle que j'ay au service du roy le fruict qui est jusques à hui reussi de son gouvernement et le besoing extresme que le pais ha qu'il y soit continué m'a faict vous en parler si franchement. C'est ung coup de maitre qui n'appartient que au roy Il est vrai que ma chandelle y brusle par ung bout comme celle des autres gentilshommes de Guyenne, mais croiez monsieur que je n'apporte rien en ce faict de mon interest particulier. »

(3) Est-ce là Pierre de Brach, le poète bordelais, l'ami de du Bartas? De Brach naquit le 22 septembre 1547. Il aurait donc eu 36 ans en 1583 Il avait épousé, l'année précédente, le 27 février, Anne de Perrot, fille du seigneur de Crognac, et, précoce comme son ami du Bartas, il avait publié, en 1576, a 29 ans, de remarquables œuvres poétiques. A la fin du xvie siècle, Pierre de Brach, étant jurat de Bordeaux, fut député en cour pour y suivre les affaires de sa ville natale. Voir à ce sujet d'intéressantes lettres de lui aux magistrats, ses collègues, dans le 2e volume des *Archives historiques du département de la Gironde.*

à dieu pour lui faire tres humble service et par mesme moien je lui donnois adviz d'avoir faict deulx voiages a Nérac (avec monsieur le mareschal de Matignon) où j'avoi continué la seurté de parler librement au roy vostre mary telle qu'elle me l'avoit acquise par le passeport qu'il pleut à Vostre Majesté me donner la premiere fois que j'eus cet heur de parler à lui à Cadillac et en vostre presence. Madame, nous y avonz naguiere faict ung troisiesme voiage le succez duquel vous aurez desjà entendu par quelqu'ung qui aura eu plus de haste d'en porter le vant que la verité et si aura peult estre mieux faict son profit des aparances que ceulx qui y ont merité quelque chose, de l'effect, et pour ce Madame que je ne pouvois souffrir qu'on desrobat la gloire du roy vostre mary, je ne sçaurois aussi attandre plus longuement à vous dire qu'en la restitution de Bazas et en plusieurs autres bons effectz que ledit sieur Mareschal a heureusement raportez de ce dict voiage l'on n'a esté en peyne de l'en presser ne solliciter tant soit peu. A quoy j'oserois adjouter que le roy peult esperer de son bon naturel tout ce qui appartiendra à son service, au bien de l'estat et du publicq. Nous l'avons laissé sur le poinct qu'il vouloit tenir une diette non d'Allemaigne (où l'on ne faict que boire et brouiller), mais bien de Gascoigne où l'on faict grand chere de jeusner. Croiez Madame s'il vous plaict qu'il en avoit grand besoing. Quant à la cause je la remetz aulx taxes des parties casuelles qui n'ont jamais aproché de ce qu'il tient à l'espargne et à ce propos il me tarde fort que je ne le voie près de vous et moy près de l'ung et de l'autre pour rendre a voz majestéz le plus que très humble service que je leur doibs. Cependant je prie Dieu Madame la vouloir conserver en sa perpétuelle santé beaulté et bonté par longues et longues années.

De Bordeaux, ce ixe apvril 1583 (1).

1) Suit (p. 213) une lettre écrite de Bordeaux, le 27 avril 1583 au roi de Navarre, dans laquelle François de Noailles s'excuse de ne pouvoir se rendre auprès de lui pour le suivre dans son voyage de Mont-de-Marsan et de Béarn. L'évêque de Dax dit qu'il était prêt à obéir au commandement du roi de Navarre le lendemain de la fête de Pâques, comme le maréchal de Matignon, mais que le voyage ayant été retardé de trois semaines, il est aujourd'hui obligé d'y renoncer parce que « Messieurs les conseillers de Tholose qui ont party et contreparty le procès du sieur de Noailles, » son neveu, ont passé à Bordeaux le vendredi précédent « pour aller departir ledict procès au parlement de Paris. » François de Noailles ajoute qu'il n'y avait que cette seule et si légitime cause qui pût l'empêcher de se rendre là où le roi l'appelait, il assure qu'il éprouve de ce contretemps « un merveilleux desplaisir, » et il termine sa lettre par toutes sortes de protestations d'obéissance et de dévouement.

XXXVI

A M. DE VILEROY.

Ibidem, p. 236.

27 mai 1585.

Monsieur,

Par la despeche que Monsieur le mareschal de Matignon faict presentement le roy et vous serez advertiz du succez de nostre voiage de Nérac et que celluy de Mont de Marsan et de Pau (auquel il avoit pleu à Sa Majesté me commander d'accompagner ledict seigneur) a esté retardé combien que j'estime que le roy de Navarre n'avoit ancores eu aucun vent de ce qu'on luy debvoit proposer de la part de sa dicte Majesté pour les catholiques du pais de Bearn, dont toutesfois ledict sieur mareschal n'a layssé de luy en antamer le propos de sa part seullement, mais ce a esté si vivemant et avecq tant de raison et de vérité qu'il ne s'y pouvoit rien désirer. Neantmoins comme son naturel est prompt à contredire et difficile à se laisser vaincre (1) il demeura en son oppinion de laisser pour cete heure les choses en l'estat qu'elles sont. Toutesfois j'estime que ledict seigneur luy a laissé largement de quoy y penser, et que s'il est bien conseillé il se resouldra de faire par reflexion ce que enfin (et peut estre trop tard et mal à propos pour luy) il fauldra qu'il face par necessité.

Quant au voiage qu'il dict vouloir faire ce mois de juillet en Saintonge et Poitou pour s'aprocher de vous, je pause à la vérité qu'il en a et envie et besoing et encores que son progrés ne s'estand si loing qu'on vouldroit, si ne sera ce pas peu que de le tirer de ce pais où plusieurs travaillent de le retenir affin de le nourrir en continuelle deffiance, l'entretenant tantost d'alarme et de peur dedans et tantost d'espérance et nouvelles praticques dehors. Cependant, monsieur, pour ne voir plus aucun subget à quoi je puisse servir je men voiz faire ung voiage chez moy où je ne fuz il y a quatre ans et si ne fuz oncques tant pressé d'y faire retraitte : car je suis au bout de mes moiens comme ledict sieur mareschal sçait très bien. Il vous a escript et supplié de m'en

---

(1) Voilà donc notre cher Henri IV accusé d'entêtement! Ne l'en blâmons pas trop, car on prétend que, pour les Gascons, c'est là un défaut national, et n'est-ce pas un Gascon lui-même, Guillaume de Saluste, seigneur du Bartas, qui, dans le dialogue en trois langues, récité à la reine Marguerite, lors de son entrée à Nérac, a fait dire des Gascons par la muse latine :

......Pugnax gens illa tenaxque

Propositi nimium....;?

vouloir faire donner. Si ma tres humble requeste en vostre endroict peult adjouster quelque chose à la sienne pour aider à ma nécessité.

Je vous supplie Monsieur de vouloir recepvoir sur ce subgect mes plus humbles recommandations à voz bonnes graces priant Dieu vous vouloir tousjours tenir aux siennes.

D'Agen, ce XXVII may 1583.

Monsieur les evenemanz de tout ce que dessus sont parties casuelles qui n'ont poinct de garentie, non plus que l'extraordinaire faveur du succes de l'affaire de Lalanne. Messieurs de cete chambre (1) (à ce que j'ay peu cognoistre passant par icy) promettent tousjours constamment de respondre de la justice de leur arrest, et moy du rolle que y a eu au service du roy et bien du publicq, dont le registre secret de la cour de parlement de Bourdeaux contenant mes remonstrances et offres faictes il y a deux ans fera foy et n'en fauldra peult estre longuement attandre la preuve.

XXXVII

A LA REINE DE NAVARRE.

Ibidem, p. 336.

20 juin 1584.

Madame

Si la perte de laquelle il a pleu a Dieu visiter non seullemant vostre Majesté et toute la France, mais aussi toute la crestienté, fut advenue il y a deux ou trois ans et lorsque vous n'aviez encores goutté que tout l'heur et félicité que la fortune peult despartir aux grandz je n'eusse ozé vous adresser cete ci (2). Mais puis qu'il a pleu a Dieu

(1) La chambre de justice formée de membres du parlement de Paris qui, après un séjour de quelques mois à Agen, se transporta à Périgueux en 1583, il y avait dans cette chambre de justice des hommes bien éminents, notamment le président, Antoine Séguier, le procureur général, Pierre Pithou, l'avocat général, Antoine Loisel, l'auteur des *Institutes Coutumières*. Parmi les simples conseillers se trouvait l'historien Jacques-Auguste de Thou. J'aurai l'occasion, plus tard, en publiant quelques lettres inédites de Pierre Pithou, de faire connaître l'histoire de cette chambre de justice retracée au jour le jour par l'habile plume qui passe pour avoir rédigé les meilleures pages de la *Satire Ménippée*.

(2) Je crois n'avoir nullement besoin d'appeler l'attention des lecteurs sur l'exquise élégance du style de toute cette lettre. François de Noailles semble avoir ici voulu lutter avec la princesse qui, soit dans ses mémoires, soit dans sa correspondance, a toujours mis tant de délicatesse d'esprit, et qui, par allusion au goût qu'elle avait pour tout ce qui était non-seulement fin, mais encore subtil et recherché, prenait plaisir, d'après le témoignage de Scipion du Pleix (*Histoire de France*, l. v, p. 53), à se nommer elle-même Vénus-Uranie.

vous laisser nagueres boire à longs traitz le calice d'affliction auquel voz ennemiz avoient destrampé l'amertume de vostre propre interestz. j'estime à la verité qu'elle n'aura non seullemant desagreable ce mien petit office de consolation mais que ce sera aussi chose superflue de la consoler sur l'occasion qui s'offre, et comme dict l'Arioste

> Portar come si dice, a Samo vasi
> Nottole a Athene, e cocrodilli a Egipto (1).

car vostre innocence a tellement sceu apeler à son secours la prudance et la patiance ensemble, que la victoire vous en est demeurée dont par la sainteté de vostre vie (2) vous en avez dignemant sacrifié le triumphe à la gloire de Dieu, lequel aussi voulant que vous soiez célébrée à la postérité pour princesse bien exercitée en l'une et l'autre fortune n'a permis que l'aprantissage que vous avez desia utilement comancé en son escholle demeurat plus longuement sans nouvelle leçon, et pour cet effect Madame sa divine bonté vous a faict lire (puis trois moiz) dans le livre de ses secrets jugemans le succes que vous en pouviez espérer. Ce qui vous doibt estre tant plus aisé à porter que en le prévoiant de bien loing si l'évenement a ulceré l'amitié de voz propres entrailles pour le moingz l'aigreur d'icelluy a esté sainctemant par vous retenue et arrestée entre la crainte et l'espérance, la crainte, dis-je, madame, d'offancer le tout puissant et faire cognoistre à tous ceulx qui vous regardent sur ce hault théatre auquel vous estes eslevée que vous blasmez en Dieu par le trespas de monseigneur vostre frere (3) la mesme providance que vous avez nagueres adorée par vostre propre exemple. Quant à l'espérance je sçay madame que vous estes toute résolue que le créateur ordonne de ses creatures (sans acception de personnes) tout ce qu'il lui plaict et quant il luy plaict. A quoy il n'y a douleur larmes ne murmures qui serve qu'à péché, et si advient le plus souvant que ce que nous craignons de mal en semblables evenemanz réussit enfin pour le mieulx tant les jugemans du ciel sont esloignés des discours qui se font en terre. Or donc madame puis

---

(1) « Porter, comme l'on dit, des vases à Samos, des chouettes à Athènes et des crocodiles en Egypte.»—*Orlando furioso*, canto XI, ott. I. Le texte porte : *crocodili a Egitto.*

(2) Le bon évêque est ici beaucoup trop charitable. Sans adopter les accusations haineuses du *Divorce satyrique*, on ne peut, hélas! de bien s'en faut, canoniser Marguerite.

(3) Le duc d'Alençon était le frère bien-aimé de Marguerite; elle parle de lui, dans ses *Mémoires*, avec une excessive tendresse, et elle fut toujours pour lui la protectrice la plus dévouée. Ce fut notamment aux habiles démarches faites en Flandre par sa sœur que le duc d'Alençon dut cette souveraineté des Pays-Bas qu'il devait garder si peu de temps.

que ce grand ouvrier a volu ainsin disposer de son ouvrage et nous
cacher la clarté de ce flambeau qui a peyne commançoit de luire (1) il
se fault ranger à sa volunté veu mesmemant que l'execution s'en faict
sans appel ou opposition quelconque retenant néantmoingz la mémoire
et bonne odeur de ses actions parmy lesquelles cete ci est très admirable que pour exploicter les magnanimes dessaings ausquelz il avoit
esté appelé importuné et contraint non moingz par les pleurs pitié et
prieres de ceulx qui souffroient extresme tirannie que pour l'ardant
desir qu'il avoit de mettre une bonne paix en France. Il a toutesfois
plus souffert de resistance des demouranz de nos guerres civiles qui
n'ont peu soubstenir la pesanteur de son entreprise et a esté plus
abatu et traversé par la barbare défiance, cruelle inhospitalité, et dou-
bles praticqués des Flamans (que Dieu n'a point jugez dignes de sa do-
mination) que par les forces de ses ennemiz en quoy nous debvons
aultant remarquer les merveilles du conseil celeste que déplorer les
misères humaines d'aultant que sur le poinct d'esclorre les glorieulx
effectz de son labeur pour en respandre le fruict à tous ceulx qui en
desiroient l'avancement il a esté ravy pour changer la brieveté de ses
jours à l'immortalité d'une meilleure vie et les vaines conquestes de la
terre à l'éternel triumphe du ciel qui est un heritaige aultant ferme et
asseuré que l'empire de tout le monde n'et que vant et fumee. C'est
là madame c'est la qu'il nous fault tous mirer tant pour adoulcir la
plaincte que nous faisons de ceulx qui nous précèdent à desloger d'ici,
que pour nous disposer de les suivre imitant (à tout le moingtz par intantion) ce que les Tartares pratiquent continuellement par effect qui
est d'aller tousjours sur de grandz chariots qui ne désattelent jamais,
dont pareillement Moïse voulut instruire le peuple hébreu lorsqu'il lui
faisoit célébrer la pasque de bout troussés tennanz ung baston à la
main et prez à marcher, leur recordant la sortie d'Egipte et leur apre-
nant que ce monde n'est qu'ung passage duquel il fault à toute heure
estre apareillé de partir. Madame si je n'avois à traitter cet argumant
devant le plus divin entendemant de ce siècle mon discours pourroit
rester infini, mais puisque c'et à vostre Majesté que je parle, je serois
trop reprehansible si je le faisois plus long que pour lui tesmoigner
que oultre ce que doibt tout cet estat à la trea haulte memoire de ce
prince, la Guiene luy consacrera une perpétuelle obligation de l'heureuse paix qui lui fut acquise par ses infatigables labeurs et vostres

(1) Le duc d'Alençon mourut à l'âge de trente ans. La métaphore du flambeau
est beaucoup plus polie qu'elle n'est exacte. L'évêque de Noailles se connaissait trop
bien en hommes pour ne pas en être profondément persuadé.

au plus profond milieu de sa necessité. Quant à moy il ne m'adviendra oncques d'oblier les privées faveurs et honneurs qu'il lui pleut me faire estant pardeca avec loppinion quil me laissa d'avoir et mérité et acquis quelque part en ses bonnes graces qui me faict espérer, Madame, que votre Majesté pour me relever (si faire se peult) de ma perte me fera si heureux d'acumuler si lui plaict ce que j'an perdis de ce costé la avec ce que je desire toute ma vie mériter par tres humble service en vostre endroit et cependant je ne cesseray de prier Dieu, etc.

P. S. Madame de toutz les serviteurs et domestiques qui avoient cest heur destre en l'estat de feu Monseigneur vostre frere je n'en sache qu'un en ce pais qui est le pauvre sieur du Haillan lequel est demeuré et sans baston et sans moien pour soustenir sa vieillesse (1). Toutefois il ne s'est pas desfaict de la suffisance qui le rend capable du service des plus grandz, il pleure fort sa perte laquelle ne peult estre relevee que par vostre bonté. Aussi est-ce une œuvre digne de vostre pitié qui me faict vous suplier tres humblement madame l'avoir s'il vous plaist pour recommandé.

XXXVIII

AU ROI DE FRANCE HENRI III.

Bibliothèque de l'Institut. Collection Godefroy, portefeuille 271.

20 juillet 1585.

Sire

Envoyans les depputés de mon diocese et moy, ce porteur (qui est l'ung de nos beneficiers et mon secretaire) pour se trouver a l'assem-

---

(1) Bernard de Girard, seigneur du Haillan, étant né à Bordeaux vers 1535 (voir l'excellent article de Bayle), n'aurait eu que 49 ans en 1584. Le mot *vieillesse* employé par Fr. de Noailles paraît bien singulier. Qu'aurait donc dit de l'âge de l'historiographe l'évêque de Dax, s'il avait pu voir vivre encore son protégé jusqu'au 23 novembre 1610? Dans la préface de son *Histoire de France*, 1576, du Haillan rappelle qu'il avait eu l'honneur de suivre l'évêque de Dax en son ambassade d'Angleterre et en son ambassade de Venise. En le recommandant ici à Marguerite, Fr. de Noailles se souvenait sans doute de cette lettre du duc d'Anjou (15 février 1570) « Monsieur d'Acqs, j'avois longtemps et souvent entendu, par le témoignage de per-
» sonnes honorables, vostre mérite et valeur, et les bons et notables services que
» vous avez faicts en plusieurs voiages..... J'ai encore *mieux que par nul autre,*
» sçu les particularités de vos négociations par du Haillan, mon secretaire, qui m'a
» longtemps et par plusieurs fois faict entendre avoir esté à vous et vous avoir servi
» de secrétaire en vos ambassades d'Angleterre et de Venise, et avoir en vostre es-
» cole et en celle de l'abbé de L'isle, votre frere, appris bien jeune à negocier, et les
» choses qui l'ont rendu digne d'estre à moy. Il m'a bien particulièrement discouru
» comme vous fustes le premier qui portates le dessein de Calais, qui servit tant à la
» conqueste de cette ville que le feu roy monseigneur et pere disoit publiquement
» en devoir la conqueste à ce que vous en aviez rapporté... puis la glorieuse victoire
» que vous remportâtes à Venise contre l'ambassadeur de Espagne, qui estoit une
» querelle que les ambassadeurs vos prédécesseurs n'avoient sceu décider par le com-
» bat de la magnanimité comme vous fistes etc. »

blée générale de vostre clergé de France, je n'ay voulu fallir d'adresser cete cy a Vostre Magesté pour la supplier tres humblement de vouloir getter son œil de pitié sur les misères et calamités de ce pouvre evesché lesquelles ne sont comparables à aulcun aultre de son royaulme (1) tant ses ecclesiastyques d'icelluy sont affligés et tellement espuisés de tous moyens que la plus grand part des curés n'ont de quoy vivre et servir leurs églises, de sorte qu'aulcuns d'eux ont esté contraincts de quieter et abandonner leurs cures qui sont à présent destituées de pasteurs et sans aulcune administration des sainets sacremans au grand scandalle de la relligion catholique à quoy sire, il n'est pas en ma puissance de pourveoir et remedier s'ils ne sont soulagés des grandes charges qu'ils ont supportées jusques icy pour subvenir à vos affaires, entre lesquelles je m'asseure que vous n'en aves poinct de si pressé et recommandé que l'honneur et service de Dieu. Aussi est ce l'unique moyen duquel il fault espérer la prospérité et continuation de vostre règne. J'adjousteray à cela, s'il luy plaict, une autre tres humble supplication pour Monsieur de L'Isle mon frere et pour moy à ce qu'il plaise à Vostre Magesté commander qu'en attandant que nous recepvions quelque recompance de nos longs et anciens services nous soions à tout le moins paié du pain que nous avons mangé en nos dernières charges de Levant (2). Il n'y a, sire, aulcune nature de deniers si privilegé que la nourriture des ambassadeurs et toutesfoys mon dict frere est encore à paier d'environ deux ans de la despance qu'il a faicte à Constantinople y estant ambassadeur de Vostre Magesté et neantmoings chascung scait qu'il n'y a pouvre gentilhomme en

---

(1) De semblables plaintes retentissaient dans beaucoup d'autres diocèses, et, pour ne parler ici que de la France méridionale, j'ai trouvé, dans le portefeuille de la collection Godefroy, d'où j'extrais la présente lettre, une dépêche des capitouls de la ville de Toulouse qui donne les plus douloureux détails sur la misère du pays, et une autre dépêche à Henri III, datée du 15 décembre 1585, qui signale en termes navrants la détresse du Quercy. M. A. Feillet a écrit un livre saisissant sur la misère au temps de la Fronde. Quel livre plus saisissant encore ne pourrait-on pas écrire sur la misère au temps de la Ligue?

(2) Branthôme prétend que les ambassades en Orient étaient, de son temps, tres lucratives, à cause des riches cadeaux des marchands chrétiens. Il cite (biographie du maréchal de Vieilleville) l'exemple de la Vigne qui était parti pauvre diable et qui s'en retourna riche de plus de soixante mille escus. Il cite ensuite l'exemple de l'évêque de Dax qui « en ramena, pour le moins, en des plus rares meubles et tapis- » series, plus de cent mille escus vaillant, dont la maison de son nepveu de Novaille » en est décorée et en reluit tres fort aujourd'hui » Du temps de Saint Simon, c'était la même chose: « Mme d'O étoit une autre espèce, Guilleragues, son pere, » n'étoit rien qu'un Gascon, gourmand, plaisant, de beaucoup d'esprit, d'excellente » compagnie, qui avoit des amis, et qui vivoit à leurs dépens parce qu'il avoit tout » fricassé, et encore étoit-ce à qui l'auroit. Il avoit été ami intime de Mme Scarron, » qui ne l'oublia pas dans sa fortune et qui lui procura l'ambassade de Constanti- » nople pour se remplumer. » (Mémoires, édition Chéruel, in-18, tome I, p. 224).

France qui ait moings de quoy supporter ung emprunt si excessif duquel il est à toute heure travaillé de ses créditeurs qui se constituent en grands frais et interestz pour ne leur en pouvoir satisfaire s'il ne plaict à Vostre Magesté commander qu'il soit paié. Sire m'estant retiré icy pour visiter ce misérable diocèse et faire à toute heure prier Dieu pour vostre santé et prospérité, je suis contrainct de luy représenter le mal dont il est affligé et n'oblier cependant la necessité de mon dict frere et mienne, la suppliant très humblemant pour la fin de croire que celle de mon dict frere ne peult souffrir long retardemant dans sa totalle ruyne, qui seroit, sire, de très mauvais exemple que les occasions qui ont servy aux aultres d'advancemant en biens et honneurs aportassent à mon dict frère et aux siens toute défaveur et pouvreté, ce que je m'asseure que Vostre Majesté ne veult ny n'entand qui sera l'endroict auquel je priray Dieu

Sire

Vouloir conserver Vostre Magesté à ce royaulme par longues et prospères années.

d'Acqs, ce xxᵉ de juillet 1585.

Sire (1)

Tout ainsi qu'il a pleu à Dieu ramplir Vostre Majesté d'infinie vertu et prudance aussi a il permis que pour l'exercer et la faire relluire à sa gloire Vostre Regne ait souffert beaucoup de traverses ausquelles elle a toutjours seu très sagement pourvoir opposant à toutes ces difficultés le rare zelle qu'elle a toutjours monstré porter et à la piété et à la justice, dont à sa visite on a veu et voit on tous les jours infinis bons effects, entre lesquels Vostre Magesté me permectra (s'il luy plaict) de luy dire qu'il n'en y a poinct de plus recommandables que de ne comporter que ceulx qui ont la charge de vos finances retienent le pain de ceulx qui ont bien servy, la récompense des peynes et labeurs qui ont esté heureusement et utillement emploiés pour le service de vostre couronne. Car comme Dieu a bény leur travail pour en randre le fruict que les roys vos prédécesseurs et Vostre Magesté

(1) Au moment de signer sa lettre, François de Noailles dut être saisi d'un scrupule soudain : peut-être n'avait-il pas assez fortement insisté auprès du roi en faveur de son frère et de lui-même. Il jugea donc nécessaire d'ajouter dans un *post-scriptum* de plus pressantes considérations aux considérations exprimées déjà. De là en quelque sorte une nouvelle lettre où l'éloge du roi joue le rôle de ce que les professeurs de rhétorique appellent un exorde par insinuation et où l'éloge de la libéralité forme une entraînante péroraison.

debvoit attendre de leur fidellité, aussi vous a il obligé à recognoistre leur mérite par les moyens dont sa divine bonté a rampli vos mains pour les emploier à paier et donner tout ensemble. C'et sire la vrai et saincte liberallité laquelle Dieu benist et les hommes la louent et admirent prenant par là cœur et exemple de bien faire en vous servant à qui mieulx mieulx.

Vostre plus que tres humble et tres obeissant subject et serviteur

Noailles evesque d'Aeqs (1).

(1) Cette signature toute seule démontre l'erreur de ceux qui, comme Hugues du Tems, ont avancé que François de Noailles, plusieurs années avant 1585, avait cédé son évéché à son frère Gilles. Ce dernier ne s'assit sur le siége épiscopal de Dax qu'après la mort de François. Jusqu'à ce moment il resta l'abbé de L'Isle, comme son frère l'appelle ici même, et comme l'appelaient tous ses contemporains, parmi lesquels je citerai Blaise de Vigenère qui, dans sa traduction des *Commentaires de Jules César* (1576, in-4°), vante « l'entendement et le savoir » de l'évêque de Dax et de l'abbé de L'Isle. Gilles de Noailles mourut à Bordeaux, le 1er septembre 1597. Il y avait fait son testament le 26 avril précédent. Comme il avait été nommé, dès 1547, conseiller au parlement de Bordeaux, la cour assista en corps à ses funérailles, ainsi que nous l'apprend une lettre de son neveu Henri au capitaine Laquant (Collection Noailles, au Louvre, t. t, p. 77). Cette lettre ajoute que toutes les communautés de la ville assistèrent à la cérémonie et qu'il « y eust une très belle et grande assemblée ne s'y estant rien oblié qu'on aye peu pour honorer sa mort. » D'après le même document, les funérailles durèrent deux jours. E.

ERRATA.

P. 1, ligne 12, Pierre-Bussière, *lisez* Pierre-Buffière.

P. 19, l. 6, Ayen, *lisez* Gyen.

P. 33, en tête, XIV, *lisez* XIII (cette erreur de chiffre se prolonge en tête de toutes les lettres suivantes).

P. 35, l. 11 et 16, 1529, *lisez* 1579.

P. 36, l. 15, 1529, *lisez* 1579.

P. 48, note 2°, l. 3, d'Albi, *lisez* d'Atri.

DU MÊME AUTEUR :

Preuves que Thomas A Kempis n'a pas composé l'*Imitation de Jésus-Christ*; in-8°, 1862.

Mémoire sur le sac de Béziers dans la guerre des Albigeois et sur le mot : *Tuez-les tous !* attribué au légat du pape Innocent III; in-8°, 1862.

Quelques pages inédites de Blaise de Monluc; in-8°, 1863.

Douze lettres inédites de Jean-Louis Guez de Balzac; in-8°, 1863.

Quelques notes sur Jean Guiton, le maire de la Rochelle; gr. in-8°, 1863.

Notes pour servir à la biographie de Mascaron, évêque d'Agen, écrites par lui-même et publiées pour la première fois; in-8°, 1863.

Observations sur l'histoire d'Éléonore de Guyenne; gr. in-8°, 1864.

Louis de Foix et la Tour de Cordouan; gr. in-8°, 1864.

Lettres inédites de Bertrand d'Echaud, évêque de Bayonne; gr. in-8°, 1864.

De la question de l'emplacement d'Uxellodunum; gr. in-8°, 1865.

Pour paraître prochainement :

Lettres inédites de Guillaume du Vair, avec introduction et notes; in-8°.

L'Inventaire des meubles du château de Nérac en 1598; in-8°.